— 让我们一起在故事里看见自己 —

爱
当醒来

廖 锐◎编著

中国出版集团　现代出版社

图书在版编目（CIP）数据

当爱醒来：女性内在成长睡前故事／廖锐编著. －－
北京：现代出版社，2022. 1
ISBN 978－7－5143－9662－1

Ⅰ. ①当… Ⅱ. ①廖… Ⅲ. ①故事－作品集－中国－
当代 Ⅳ. ①I247. 81

中国版本图书馆 CIP 数据核字（2022）第 040020 号

当爱醒来：女性内在成长睡前故事

编　　著	廖　锐
责任编辑	杨学庆
出版发行	现代出版社
通讯地址	北京安定门外安华里 504 号
邮政编码	100011
电　　话	010—64267325　010—64245264（兼传真）
网　　址	www. xiandaibook. com
电子信箱	xiandai@ cnpitc. com. cn
印　　刷	北京荣泰印刷有限公司
开　　本	880 毫米×1230 毫米　1/32
印　　张	7. 5
字　　数	139 千字
版　　次	2022 年 3 月第 1 版　2022 年 3 月第 1 次印刷
书　　号	ISBN 978－7－5143－9662－1
定　　价	78. 00 元

代 序

自我修复之路

2021 年国庆刚过，秋天的阳光呈现出她特有的金色。此时，我接到了廖锐先生希望我为他编写《当爱醒来》这本书撰写序言的热情邀请。

女性成长，已经是这个时代最关注的热门话题之一。更何况，从女人变为母亲，始终渗透着女性自身的审视和自问。

我们很难用最精准的词汇描述女人。

她可能善变，可能难以捕捉，可以掀起惊涛骇浪；

她可能定海，可能清澈如水，可以宽量海纳

百川。

她可以羸弱，娇柔百态，让男人或子女成为她终身依靠的肩膀；

她可以坚强，鞠躬尽瘁，让血缘和亲情超越她的肉体生生不息。

非常赞同资深专栏作者雪菲的观点：

和男孩相比，女孩爱的第一个对象是与自己性别相同的母亲。这就直接引发了女性自我建构的复杂性。母亲和女儿——同性别之间的爱与对抗，依恋与分离——使得女孩的个体化和性别发展都比男孩具有更多细微的冲突。因此，女性对于自我性别的认同，对身体和性的接纳，对情感关系的界限把握等方面，也都尤为艰难。

成为一个母亲，可能对于女性来说，并不像世人想象的那样顺理成章，相反是每个女性人生中艰难而新奇的一课。女性多半是凭借着潜意识下的直觉，而不是凭着积累的智慧来做母亲。这种直觉，是自动化的角色执行，其动力源于"道德"而非"理性"，源于"我应该"而非"我选择"。

一位母亲，在成为这个角色之前，她首先是个再正常不过的真实女人。之所以说真实，是可能由于每个女孩经历的千差万别的原生家庭和个人成长环境，导致她也许是个内外兼修的贤妻良母，也许是个性情无常错误百出的妈妈。无论她表面上是哪种母亲，她的内在都会有不易被人看见的另一面。

呼唤整个社会重新回归这一理性认知，也是提醒所有创伤子女，无须仅把自己后天的成长现状归因为原生家庭，用"中立视角"看世界，也许是更客观的理性选择。

在我的全息个案工作坊里，我常鼓励学员们带着问题继续前行，这是一种比较现实的生存状态。这种状态的逐渐达成，正需要人们主动构建起更多理性的中立视角。

在每一次个案的呈现里，我都会邀请当事人看见自己原生家庭发生的故事，看见自己婚姻里发生的故事，看见自己与子女之间发生的故事。

看见因，接受果，不评判，不争论。

看见、接纳、剥离、转化、归零，再去重建——创造新的因，收获新的果，如此循环。

每一次看见，你都可能仍然会被洪荒的情绪榨干了力气，那就停下来。下一次，再重新带上一个中立视角尝试靠近，直到你终于可以让自己拨开情感漩涡，看见真相，开始重新审视和父母的关系。

我想，廖锐先生选择编辑这样一个主题的书籍，不单是为他自身内心世界曾失母爱的精神慰籍，也同时是他送给天下所有儿女认知女人认知母亲的殷切提示。

《当爱醒来》这本书，汇集了 24 个平凡而又伟大的母亲故事。阅读和体验了这些故事，有机会让我们把"盲目的爱"逐渐转化成"觉醒的爱"。那时，富有觉察性的自我修复之路便悄然开启。

孙瑜 2021 年 10 月于北京

孙瑜，北京暖光咨询中心 董事长、首席导师、中国老教授协会职业教育委员会家庭心理服务学院院长。

引 言

母亲的灯光

母亲用一种突然消失的方式与我们分别，算起来已经过去 10 多年了。出走的那个清晨，她对着还熟睡在床的我叮嘱了一句等她中午回来的话语，就关上了家门。可这一去就再也不知去向，这一去就再也没有实现她回家的诺言。那一天正好是 4 月 1 日愚人节。时光荏苒，我和母亲的故事，就从父亲的离世开始讲起吧……

得知父亲去世的噩耗，那一年我 15 岁。即将参加中考的我，依稀记得那天雪下得特别大。原以为这些都是小说中烘托悲伤气氛的写作手法，但巨大的悲痛真实地来袭，我已分不清到底什么是真，什么是假。

中考结束，我如愿考上了区重点。母亲得知这个消息后，并没显得有多么开心。大概过了一周的某个晚上，她把我叫到身边语重心长地说：父亲不在了，单位为了照顾我们一家人的生活，给了我们一个珍贵的"顶职"名额。

顶职——这个词 20 世纪 70 年代出生的人，或许多少有些耳闻。就是一些国营单位的职工离世或者退休后，他的子女可以有机会免试进入父母曾经工作的单位，拥有一个普通职工的岗位编制，换句话说就是免费拥有了铁饭碗的工作。

这意味着考取了高中的我要失去继续学习的机会，而提前进入社会。母亲是个小学老师，工资微薄。还要抚养我和弟弟两个孩子读书，的确很艰辛。我作为长子，能有机会帮助母亲分担这份生活的重担，当然是义不容辞。虽然我内心是极度渴望能继续去读书，但能够让巨大悲痛中的母亲获得一个轻松和宽慰的机会，是我在父亲离世后唯一能做的。于是我内心痛苦却强装笑脸地点头答应了。

我知道在这份答应的背后，更多的是来自对母亲的怜惜。

15 岁参加工作很显然是不符合劳动法的，没办法，母亲只能找到当地派出所的朋友，偷偷将我身份证和户口本的出生日期向前更改了一年。于是不满法定工作年龄要求的我，在那一年，以幼小的身躯穿上了宽大的劳保服，进入工厂成为一名合同制工人，开启了我的全新人生。

由于我们单位是国营的，对于人才培养是有不断需求和整体规划的。每年都会通过国家正规的成人高考来选拔人才。考上了的人会被带薪保送进入社会大学进行深造。回单位后提拔为干部，继续为单位服务。这是一个极为难得的通过知识改变命运的机会。但在一个几万人的国营企业，每年有近 2000 名青年职工通过夜自习，来争取仅有的 2 个珍贵名额，名副其实的千里挑一。

母亲自然不会放过这个机会，一再要求我参加晚上的夜自习，而我那时有些心灰意懒，早已做好了一辈子当工人的心理准备。但是母亲的执着和逼迫还是让我不得已开启了白天上班，夜晚学习这条人生路。

那是参加工作的第二年，我跟着班组前往一个大型的钢厂做管道抢修。从早上 8 点连续工作到了晚上 7 点。下班后迎着冬季的冷风，挂着满脸黑煤灰与一身疲惫，骑着破自行车回到了家门口的时候，母亲早已经在窗口焦急地张望着我。眼见我到家了，就立刻端出早准备好的热毛巾和饭盒，着急地说：赶紧别进屋了，夜校就要开课了。我给你把饭菜准备好了，你就带着饭去学校吃吧。千万不要迟到！

那一刻，我怔住了。

满身的疲惫夹杂着委屈和不被疼爱的感受一股脑袭来，我又冷又饿，又气又急。当妈的不心疼儿子累了一天，连口热水都不让进门喝，就赶着我去上学。这算什么？上学对我真的这么重要吗？那为啥考上了高中，你却让我放弃学业去工作？同班同学，此刻都在教室里享受着专心读书的权利，而我却要在工厂里与油污和粉尘打交道。在你的心里，我真的就是一个不需要关爱，不需要体谅的孩子吗？一向温顺体贴的我终于压不住两年来积郁的情绪，冷冷地对母亲说：今天太累了，不想去读书了。

面对我突如其来的反应，母亲一下子就怒了。她言辞尖刻地对我说：不行，今天你必须按时去上学，否则你就不要进家门。你去还是不去？

那一刻，从小到大母亲习惯性的强势逼迫教育，再次出现在了我面前。还是那个熟悉的面孔，还是那冰冷的语气，还是那种强势的目光。十多年来，我就是在这样的教育方式中成长的，对于这一切我真是太熟悉不过了。不知道从哪里来的一股子狠劲，我犹豫了片刻，便从强大的抵触情绪里清晰地挤出了几个字：就是不去。

母亲的脸在冬季微弱的月光下由红变白，急躁的情绪让她拿在手中的毛巾和饭盒都抖了起来。万没有想到一向温顺体贴的大儿子，今天如此的胆大和决绝。她果断地收回了盒饭，用力地关上了家里的大门。"砰"的一声，我的心也随着大门的声响被震得粉碎。那个夜晚，显得特别的寂寞与寒冷。

17 岁的我木讷地站在家门口，无尽的伤心和委屈卷着冬季的风再次向我袭来。为这个家默默付出和忍受了这么多，今天却换来母亲无情的拒绝和冰冷的大门。倔强的我决心不回家，也绝不妥协去夜校学习。我流着委屈的泪水转身离开，虽然自己都不知道要去哪里，那是我人生第一次体验离家不归的日子。

夜幕降临，孤身的我能到哪里去呢？找同学，人家都在温习功课；找同事，个个都是比我年长的师傅，没有同龄人。万一这事再在单位传开，那更是雪上加霜。我就这么一个人漫无目的到处游走。走啊走啊，也不知道走了多久和多远。不知不觉来到了离家不远的露天台球馆。这里的人早已离去，我准备就在台球桌上睡一夜到天明。但武汉初冬的夜晚，冷得刺骨。穿着棉袄躺在台球桌上，隔着棉衣都能感受到底下大理石迅速穿透肌体的冰冷，根本无法入睡。于是我只能起来本能地开启了返家之路。

我家住一楼，远远地就看见母亲卧室的灯还亮着。我想或许是她已经睡着了，忘了熄灯。当我数次鼓起勇气，准备开启家门的时候，恐惧与少年的面子最终都拉住了握着钥匙的手。不敢又不愿回家的我就这么低着头，围着楼栋一圈一圈地行走着。累了就坐下来休息一会儿，哭一通。情绪平复后又站起身来继续走。

就这么一圈一圈地走啊走，一次一次地停下，再走再停下……一直熬到了天亮。

天终于亮了，我可以骑上自行车，就像什么事也没发生一样地去上班了。当我推上自行车刚刚准备开启上班之路，隔壁的李奶奶一把把我拉住了。她关切地拉着我的手，急切地问我这一夜去哪里了？原来母亲一夜都没睡觉，隔一会儿就来问问她有没有看见我来过，有没有我的消息。而且全楼都问遍了。

听完她的述说，我的心一下被戳得好痛好痛。但是那刻我什么都没说，也什么都说不出来。心里流着泪水默默地骑上了自行车，朝着工厂的方向奔去。原来母亲整夜都在到处问我，到处找我。她并没有遗弃我这个儿子，反倒是我的莽撞让她担心了。

也正是这次彻夜找寻，让我体会到了母亲的良苦用心，我看到了作为单身母亲面对生活压力的种种不易。也理解了让我失去高中继续读书的机会，作为母亲的她曾是多么地内疚与心痛。她真心希望我可以得到单位考大学的机会，来作为一个弥补她内心对我学业亏欠的救赎。

第三年，我最终以优异的成绩被单位保送进入大学深造。当拿到通知书的时候，我和母亲都哭了。

10 年后的愚人节那天上午，母亲平静如旧地出门，却再也没有回来。虽然我们竭尽所能地到处找寻，至今 20 年来，依旧杳无音信。上天跟我开的这个人生玩笑，实在是太大了，太大了……直到现在，每当我思念她的时候，我都会仰望星空。因为人们说：走失的人，是星星的化身。他们会用不道别的方式回到天上。

我渴望自己能在某个夜晚看见她。我坚信不管夜空有多少颗星星，只要她出现我定会一眼认出来。因为那份星光会非常特别，它就和那晚寒夜里卧室的那盏灯光一模一样。虽然微弱，却是如此的温暖，如此的坚强。

我知道母亲一直深深地疼爱着我，只是这份爱的表达太过急切和粗暴。但与失去母亲来比，这又算得了什么呢？在没有母亲的无数个日子里，每当遭遇到挫折与困难，那盏彻夜未灭的灯光总会出现在我心中。它就像母亲的眼睛，在天空中温情而慈祥地注视着我，让我在逆境中看见爱的方向。

我知道母亲从没离开，将永远与我同在。

而今人到中年的我，开启了自己讲故事的事业。每次在全国各地为大家讲述故事力量的课程中，都会提起母亲和我之间的这个故事。我感恩母亲的同时，也感恩故事给我带来的无穷力量。

故事力是生命的原动力。故事思维是每个人与生俱来的。在故事里，人们表达来自生命底层的好奇与被看见。这些年来，当我讲述了将近 3000 个中外故事后，更加确认了这一点。

如今的世界，充斥着大量孤胆英雄和事业精英的故事。固然，这类故事在整个社会进程和人类文明的发展方向中，起着一定的引领作用。但他们给我们这些平头百姓所带来的焦虑和自惭也同步滋生。因此我更爱读平凡素人的故事，因为他们更加贴近大众的灵魂。对于站在同一个地平线的我们来说更具有启发和借鉴的价值。

于是我就有了汇编一本百姓故事书的想法。可百姓故事如此多，浩如烟海。我该从哪里入手呢？当这个疑问浮现，一瞬间母亲那盏灯光犹如黑夜之炬，瞬间照亮了我的内心。

我找到了答案。

家庭是构成社会的最小细胞单元，而母亲是家的情感枢纽。一位优秀的母亲可以影响整个家族的三代人。她是关乎整个家族兴旺繁荣的关键人物。因此母亲就成为人类社会一切关系的源头。与母亲的关系，也就成为每个人与世界关系的基础。

于是这一本汇集了 24 个平凡而又伟大的母亲的故事集就此诞生了。能够从这个支点起步，让人人都能来重新了解母亲——这个人类最伟大的职业者，从而回看自己生命的起源，便成为我们的初心。

向本书的 24 位母亲致敬！

是你们让每位读者都能——上看自己母亲的慈爱与含辛茹苦，下看自己做母亲对儿女无条件的爱和付出。

向天下的母亲鞠躬！

是你们默默地承载与伟大的包容，让我们的国家和民族数千年来虽历经世事沧桑，但一直绵延传承，直至今日越发地繁荣和富强。

目 录 > >

开 篇

解开捆绑幸福力的 24 个心锁

在不断巡讲的故事课上，我常常会邀请学员上台分享自己的成长故事。每每听他们精彩的成长故事，我都会很认真地记录下来。多年来，便收集了各式各样的源故事。这些故事都或多或少地讲述了很多人自孩童时代起，个人信念形成的起因和过程。

当我开始对这几百个故事进行总结，并结合自身曾经学习过的一些内在心灵成长技术进行对照，归纳出了制约人们内在成长的 24 个信念（"心锁"）。

这些心锁都与小时候父母养育我们成长的经历息息相关。现在我把它们呈现来，其目的是让大家来认识它们，了解它们，接纳它们，转化它们。

需要说明的是这些信息并非我的发明和创造，也不是什么独家的知识点。它们是早已存在于人类之中的公共信息。它们的样子曾经被很多先圣先哲用各式各样的表述方式，为我们清晰地呈现过，我只不过是拾了前人的牙慧而已。感恩！

什么是信念？我引用 NLP 大师——李中莹老师的解释："信念就是'事情应该是怎样的'或者'事情就是这样的'的主观判断，是我们认为维持世界运作下去的法则，是解释和支持行动或没有行动的理由，是解释和支持变化或没有变化的理由，是对于这个世界各种关系的主观逻辑定律。"

信念形成的 4 个途径：

（1）本人的亲身经验。

（2）观察他人的经验。

（3）接受信任之人的灌输。

（4）自我思考做出的总结。

前 3 条信念的形成路径，我们在孩童时代（6 岁之前）会非常频繁地触及。这也是我们的人生之旅建立最原始信念的关键时期。

我们对一个人、一件事物，必须有了一定信念，才能知道该怎样行动：行动由信念决定。对很多人来说，信念也就等于真理——事情本来就应该是这样的。所以，对信念的拥有者来说

（更准确地说是对这个人内心的运作系统来说），信念是绝对的。这点也是很多人迷惘和困扰的来源。信念是本人认为世事应该是怎样的，但并不能说真理便一定是这样。能够把主观信念和客观真理分开并且认为它们是两回事，便是一个人已经达到一定智慧水平的认证。

每个人都有很多的信念存在，有些限制性的信念就成为制约我们幸福成长的羁绊，即内在的心锁。又因为绝大部分信念都存于潜意识里，不能全部呈现，也不会轻易地在意识层呈现出来。因此对一些负面的信念（心锁）我们无法觉察它们的存在和对我们日常行为产生的作用。那么作为旁人的你就更无法去理解身边人种种让自己觉得非常怪异的言论和举措了。

举一个例子：如果一位男士抱怨妻子在家不给他做饭，也不做家务，你或许会从心里觉得妻子不称职，会去安慰和劝解那位男士。假如是一位女士抱怨丈夫不给她做饭，也不做家务，你似乎会觉得属于正常现象。因为男人是挣钱养家的，本不该在家做家务。你看，同样的事情决定你在这两种情况下的反应的，是你的内在信念：男人去挣钱，女人来顾家。

你会发现在现实生活中，当情况符合了你的信念，你自然就能听进去。而当情况违反了你的信念，你便会感到奇怪、惊讶、反感甚至拒绝。

我们日常的行为，会产生这些行为带来的价值。如果价值发生改变，那么信念就会发生改变。由此可知要想人们外在的行为发生转变，其根本是要改变人们内在的信念。信念如果不发生改变，人们的行为也不会发生任何改变。

尽管限制性的信念（困住我们的心锁），似乎不是那么招人喜欢。但是它们的存在也曾经帮助我们在一些危机和困难的时刻，让我们存在并且适应了下来。就像一年的二十四个节气，即使每个节气都不完美，但是每个节气都有特色。也正是因为有了 24 个不同的节气的不同感受，我们才能全面地理解四季，我们才拥有了完整的 365 天。

下面我们就来一起看看在成长的过程中，那些制约我们内在丰盛与快乐的信念（心锁）长的是什么样子？它们是如何形成的？对我们的成长会有哪些影响吧。

在每个故事后，都会为大家安排一个阻碍我们内在成长的心锁来给大家认识和解读。每个心锁并非与每个故事一一对应，请大家不要对号入座。实际上我们每个人内在或多或少都会有这些心锁存在。正是它们的存在，才将我们精彩而丰盛的生命遮蔽了起来。今天让我们在觉知中看见它们，就有了了解它们，走近它们，理解它们，解锁它们的可能……

今天我愿意冒险，
去按照
内心深处的想法行动，
这就是成功的一天。

第一个节气：小寒

了不起的大师

作者/周瑾

2013 年的小年夜，大雪纷飞，那一天，一声清脆的啼哭将持续了 20 多个小时的疼痛从我的身体抽离，于是，我多了一个身份——妈妈。长时间高频的疼痛几乎透支了我所有的体力，可我依旧记得当时我用仅存的一丝力气，问医生的第一句话是："医生，孩子怎么样？"医生笑着说："男孩，5 斤 6 两，健康。"听到"健康"的那一刻，我踏实了。老大不小的年纪，怀胎十月，保胎三月，别的不求，只求孩子平安健康。观察室里，他躺在我旁边，我用力侧过脸，看到这个皱巴巴的"小猴子"睁着眼睛好奇地打量着世界，我小心翼翼地伸出一根手指触碰他，他仿佛有感应一样一把紧紧抓住了我，一股暖流涌上心头。我小声地对他说："宝贝，欢迎你来到我们家，妈妈希望你以后健康快乐就好。"那一刻，他仿佛听懂了一样，嘴角上扬，小手抓得更紧了。

如果说生娃是一个母亲九九八十一难的起步，那么随后娃成长的每一天都充斥着各种酸爽的挑战。为了迎接这些挑战，我去学正面管教，去学心理咨询，去考各种各样相关的证书，只求能找到一个更好地与他相处的方法，而他总会用他最新学到的"技能"去检验我的学习成果。8年"抗战"下来，我发现，原来孩子才是我们最好的老师。

顽皮是男孩子的天性，而当他和班上几个好兄弟一起玩的时候，他的顽皮会成倍叠加，于是我隔段时间就会收到同学家长或老师的"投诉"。每当这时，爸爸就会数落我所谓爱和自由的教育方式不科学，我呢，依旧会坚守着我教育的初心，和孩子谈心，但是谈久了心底总有一个声音呼之欲出，那就是"废什么话，吼他"。一天晚上，在接他放学回家的路上我又一次接到了投诉，压抑许久的火"噌"的一下爆发了，我站在路边就开始吼他："你到底想干什么，说了多少次就是不听，这一天天的总给我添麻烦，丢人丢得还不够多吗？你知道今天你又被投诉了吗？和你玩的那些朋友，你们的一些行为已经影响到了别人，我拜托你能不能乖一点，从明天起不许跟他们玩了。"话音刚落，他小小的身体抖动了一下突然僵住了，这是我第一次吼他，吼完他，我头也不回地往家走，他小声地抽泣着小跑着跟在我身后。快到家时他突然拉住我，怯生生地说："妈妈，我知道错了，我以后课间不乱跑了，但是我跟我的朋友们在一起很快乐，他们是我的兄弟，我会听话，不给你惹麻烦，但是你可不可以不要限制我交朋友的自由？"那一刻，他小小的身体里迸发出的坚定让我不知所措。那个小小的他低着头，小手揪着衣角，反复揉搓着。我突然间意识到我的专断与独裁是多么的可怕，而这个场景又是多么的熟悉，在我小的时候，我的父母也说过同样的话，我没有他那么勇敢，我顺从了，但是并不快乐。

很多时候，不听话就是错的，给我们带来麻烦就是错的，殊不知，孩子从出生之日起就已经拥有了自己独立的思想，学会用平等心去看待他们带给我们的每一个"麻烦"，教会他们恰如其分地为人之道才是做父母应该做的。我耸了下肩膀，伸出手说："我可以给你一个拥抱吗？谢谢你教给我的这一课。"他抬起头，眼中有点慌张又有点惊喜地问："妈妈，我教给你了什么呀？"我说："你教会我要用平等心去看待问题，这也叫换位思考。"那一刻，他的小手紧紧抱住了我，开心地说："谢谢妈妈。"

我从11个月起就被父母放到爷爷奶奶家，即使爷爷奶奶对我再好，我依旧觉得自己是被爸爸妈妈忽视的小孩。于是讨好型人格衍生出了争强好胜的倔强，那个能拿第一绝不拿第二的倔强。有人觉得这叫精益求精，可反过来看这也是一种偏执。疫情期间，我参加一个国际演讲俱乐部的线上比赛，作为常年拿第一的选手，在准备演讲稿的同时，我甚至同步准备好了获奖感言。然而那一次我居然超时了，无缘决赛。知道自己超时的那一刻，我整个人都蒙掉了，朋友们打电话来问候，我假装淡定，但内心却是五味杂陈，为了这次比赛，我提前 3 个月准备，比赛前的每一天我都在练习，我付出了这么多，可还是被自己想追求压秒过关的好胜心击败了。我沮丧地坐在地板上，脑子里一遍又一遍地问自己"你是冠军，怎么能超时呢？"不知过了多久，娃和爸爸从外面回来了，他刚进门就兴冲冲地跑进来问我："妈妈，你肯定又是第一吧！"我尴尬地抬起头，摇摇头说："妈妈输了呢，妈妈觉得好丢脸。"他愣了一会儿，然后一把抓住我的手说："妈妈，没关系，我觉得第二名也挺好的。"我更郁闷了，小声地说："妈妈这次连名次都没有，妈妈超时了，连评选的资格都没有。"他沉默了一会儿，在我耳边温柔地说着："妈妈，没关系，好几次我比赛输了哭鼻子，你不是跟我说重在参与，体验过程最重要吗？我们再来一次啊。下一次，你一定可以讲好，你也可以把这个写到你的故事里呢。"对啊，再来一次，我怎么活得还没一个孩子通透，我难过的到底是什么？是没有传达我想传达的价值？还是因为演讲超时翻车丢了面子？我想更多的是因为面子吧。

很多时候我们反复教孩子的道理，为什么我们自己却做不到呢？有些道理真的是说起来轻巧，做起来难。要想给孩子树立榜样力量，我们就得先学会接纳自己，接纳自己的过往，接纳自己的失败，用平常心对待每一个让我们觉得挫败的时刻。我抓着他紧握我的小手说："谢谢你宝贝，你又给我上了一课。"他好奇地问："妈妈，这一课的内容是什么啊？"我笑着说："这一课叫作用平常心去战胜那个叫作失败的小恶魔啊，下一次再来过。"他笑着大声说："妈妈加油，妈妈最棒！"那一刻我突然意识到，如果不能成为别人故事里的英雄，那么做好自己故事里的英雄也挺好的，原来孩子才是我们最好的老师。

在这个世界上，每一个产品都有一份使用说明书，每一个职位都会有岗前培训，唯独做父母这件事儿我们都是无证上岗，纯凭探索。养育好孩子，绝对是比造宇宙飞船还要难的事儿。孩子刚出生时，我们期待他们平安健康就好，可这份初心随着他们的长大，慢慢地被我们的欲望和虚荣加码成了我希望你变成我想要的样子。平凡未必平庸，耀眼未必快乐，养育的路上，我们陪孩子长大，孩子教我们成长。于是我们才懂得为人父母的艰辛，懂得言传身教的重要，懂得时刻自省与改变的智慧。生命给予我们的馈赠不仅是新生命的延续，更是让我们有了重新审视生活，感受生命本真的机会。

最近的晚间阅读，他又翻出幼儿园时期的绘本来看，当读到那本《猜猜我有多爱你》时，他问我："妈妈，你觉得你爱我多一点还是我爱你多一点？"我说："当然是我爱你多一点啊。"他放下绘本摇摇头笑着说："其实我爱你比你爱我多，你是从 20 多岁起开始爱我，而我从一出生就开始爱你了。"那一刻，我仿佛又看到了和我一起推出产房时，他皱巴巴的样子，那时的我只希望他健康快乐，那时的他只会用他的小手拉着我的大手。也许从那一刻起，就已然注定他来到世间的使命之一就是成为我生命中最重要的老师。

这些拉着我们的小手有一天也会变成大手，去延续生命，去描绘未来，去成为那个独一无二他们想成为的样子，成为他们自己故事里的英雄。

拓展阅读：第 001 个心锁——畏惧成功

玛丽安娜·威廉森（Marianne Williamson）在《回归至爱》一书中写道："我们最恐惧的不是力量不够，而是拥有太过强大的力量。与黑暗相比，我们往往更加害怕光明。"

　　我相信每个人都渴望成功，都期待自己人生荣耀时刻的出现，那种喜悦与满足会让我们内心富足，会让我们变得更加自信与阳光。可为什么我们很多人还会有怀才不遇的感觉，抑或是我很努力了只是比别人缺少点机会的感受，而抱怨生活的不公和人生的无奈呢？其实可能是"不要成功"这个心锁进入了我们的生命，它阻挡了我们进入成功之门，让我们可能一辈子都无法感受到成功的喜悦。

　　回想一下，你的成长过程中有没有如下的情景，你非常非常用心地完成了一幅手工作品，兴致勃勃、满心欢喜地拿给父母求夸奖时，得到的不是期待中的鼓励和赞许而是父母对你的批评与苛责，那会是怎么样的失落？单元测验前你很努力地复习备考，从原先的 80 多分冲到了 90 分以上，这是你挑灯夜战的结果，你拿着试卷得意扬扬地跑回家，心想这次一定会得到妈妈的鼓励和表扬。没想到，妈妈看到卷子，一脸黑线，严肃地说："这么简单的题你也能错，明明能考 100 分的卷子，你怎么才考这个分数，怎么总是这么粗心大意啊。"听到这些话时你的心情是不是会像坐过山车一样，一下跌到了谷底？

　　当我们内在的被赞赏、被肯定的需求无法得到满足时，"不要成功"这个信念便开始进驻我们的心灵，扎根在我们内心很深的地方。我们开始不断地告诉自己不要成功，不要有成就，因为无论我们怎么努力都不可能成功。

一个努力完成一件事后会被充分赞赏的孩子，会对人生充满希望、对下一次成功充满期待。相反地，如果一个孩子在努力用功之后，换得的是父母的批评、苛责，他在潜意识中，会不自觉地拒绝生命中任何一个可能成功的机会，并将成功拒之门外。即便当成功触手可即时，他也会下意识地早早定义一个结果，这个结果就是不会成功。这个部分是绝对无法用头脑觉察到的，而这个心锁对我们往后人生的影响是：我们越渴望、越努力想要达到成功时，总是缺少临门一脚，越接近成功时心里的担心与害怕就越源源不断地涌现出来。于是，我们的人生就这样一次次地在成功的门前止步，与成功失之交臂。甚至会断定自己永远不可能成功，自己是生活的 loser，一事无成就是自己的宿命。

●心锁笔记

关于"畏惧成功"这个心锁，我邀请您写下在自己的成长过程中，和这个心锁有关的笔记。

请您一边缓慢地阅读下面的文字，一边开始调整一下自己的呼吸，并按照文字的指引，开始进入独自安静，与自己在一起的步骤中来。

或许刚刚开始这个练习，您会有些不习惯。但是请相信随着持续不断地练习，您一定能由生疏到熟练。同时我也保证，您将会在这个坚持训练的过程中受益良多，一定！一定！

现在请您把注意力都放在你的呼吸上。只用您的鼻子呼吸，吸入时感受气体从您的鼻腔，进入肺部，进入腹腔，尽可能吸入更多空气，再慢慢呼出来。用吸入时两倍的时间来呼出，直到您腹腔和胸腔中的空气完全呼出，再重新吸入。

好，按照这个方法，请跟我一起呼吸，把您所有的注意力都放在这个呼吸的过程上。吸，呼……请按这个方法继续呼吸。

在您呼吸的时候，感受您的身体。把注意力放到您的左脚，感受它的存在，它的位置，湿度，与鞋袜之间的距离，感受它下面地毯的柔软（或者地板的硬度）……

现在，请关注您的右脚，感受它的存在，它的位置，湿度，与鞋袜之间的距离，感受它下面地毯的柔软（或者地板的硬度）……注意到您可以改变您的注意力的方向。

现在关注您的左手，感受它的存在，它的位置，湿度……现在关注您的右手，感受它的存在，它的位置，湿度……

您可能会注意到，当感受自己的过程中，头脑里会有思绪出现，不要受它的影响，当您一旦感受到有思绪，就马上回到中心状态来。

连续说 8 个"*爱*"，每一声都比前一声的音调低 50%。爱，爱，爱，爱，爱，爱，爱，爱。在说"*爱*"的时候，想象您向大海扔出一枚硬币，这枚硬币在海里转着圈往下沉，您每说一声"*爱*"，就想象硬币向下转一圈。

说完 8 个"*爱*"之后，深吸一口气，再说 8 个"*爱*"，每次都比前一次更低，不必出声，默念。同时想象硬币正在沉入更深的海洋中，感受您周围的光线越来越暗，越来越暗……

现在，我们已经沉到了海底，周围漆黑一片，什么也看不见，感受好像有一个黑色的穹顶罩住了我们，但是又感觉不到有任何压抑，没有任何恐惧，只有好奇心，好奇"我是谁"？

在这黑暗之中，没有人能看到您的容貌，不论美还是丑；没有人知道您的身份，不管是 CEO 还是普通员工；没有人知道您过去的荣辱，不管是成功还是失败……但是您能够真真切切地感受到自己的存在，"您是谁?""您是谁?"……

您是宇宙中独一无二的存在，是前无古人，后无来者，只有您自己能够感受到，觉察到，这就是"您"。只要您一息尚存，那么这个存在就是您，唯一的您。

父母不知道我为何会出生

但宇宙知道

在所有人认可我之前

我已经被认可了

在所有人爱我之前

我已经被爱了

在月亮升起之前

我已闪闪发亮

在太阳升起之前

我已充满能量

就像从来没有经历过痛苦

我们想要去爱 去尊重

人们说没有希望

我就成为他们的希望

人们说没有爱 我就是爱

请您静静地充分地感受这个纯粹的你，感受这个独一无二的你，享受这一片刻（请合上书本，闭上双眼，静默 3 分钟）……

好，现在慢慢睁开您的眼睛，将双手搓热，按在您的眼睛上。

睁开眼睛，看看您的周围，看看房间里的一切，有什么感受？有什么不同？

做完这个静心练习后，请您再次打开书本，用心写下自己的觉察笔记：

1. 阅读完这个故事，并了解了"畏惧成功"这个内在成长的心锁后，我觉察到的是：

_____

_____

_____

2. 我拥有——（感受自我内在的丰盛、身体的丰盛、关系的丰盛、环境的丰盛）

_____

_____

_____

今天我明白
只有成为自己，
才能真正获得自由，
这就是成功的一天。

第二个节气：大寒

坚持的力量

作者/蒋咏梅

　　7 月的金龙乡，晨曦中天色朦胧，又是一个没有风的早上，空气是闷热的，时光仿佛停止了一样，黑暗的屋子里，一个瘦弱的小姑娘睁开眼睛，推了推身边的父亲："爸爸，天亮了，快起来推豆腐。"一动不动的爸爸，怎么也推不动，于是翻身骑到爸爸身上，摸了摸爸爸，浑身都是僵硬的。一股不祥的预感，忽地一下子抓住了她，瞬间汗毛倒立，整个身体摔倒在床前黄泥土的地板上。那一刻她吓蒙了，惊慌地拉开木门，在院子里大声地呼喊：幺叔，幺叔，快来啊！幺娘，幺娘，快醒醒啊！瘦弱的身体，惊恐的眼神，披着头发，光着脚，那一年她刚刚 12 岁……

她是她家里第九个孩子，人称九妹，在她之前有 8 个孩子都夭折了，最大的四姐活到 12 岁，有人说，他们住在老家人丁不旺，她爸爸相信了，于是在将近 50 岁的年龄，生下了她，并且到离家 100 多里的赵家渡开始新的生活，9 岁那一年，因为土地改革要回户籍所在地分土地，爸爸独自带着她回到老家，妈妈留在了赵家渡给人缝衣服贴补家用，妈妈只在春节才会回来与家人相聚一次。

云层低低地徘徊在空中，乌鸦呱呱地叫着，草席裹着父亲，望着一口薄薄的棺木。她不停地恨自己，恨自己没有早一点醒过来，恨自己没钱给爸爸买一双鞋子，望着新垒的坟包，鞭炮声送别声都是如此安静，只听到爸爸的声音！她的天塌了！唯一的依靠就是妈妈了，可是妈妈那么遥远要走 100 多里的山路啊，从来没有独自走过那么长的山路，她该怎么办啊？

几天的思来想去，一夜的苦苦挣扎，望着煤油灯下熟悉的家，破败的房子，她心里痛着煎熬着，咬紧牙关作出了决定，她要去找妈妈，她要回到赵家渡！她要让死去的爸爸可以心安！她知道没有人可以帮助她，她必须靠自己活下来！她必须活出出息来！

夜色正在慢慢地褪去，拂晓的天空有着些许的色彩，她知道她必将奔向远方！背着小小的包袱，她独自一人悄悄地出发了！

走过村口，望着爸爸所在的地方用力磕头，不敢再靠近，止不住的泪水像雨滴一样地滑落，担心幺叔幺婶醒来一挽留就无法走了，她一溜小跑，急急地翻过陈家堰塘，绕到山梁上。天才刚刚破晓，接下来路在哪里呢？面对眼前的岔路口，怎么办？她发愁了，就在这个时候两个挑夫挑着担子远远地走过来了，她立马藏在道旁边的树后面，听到他们在说走到赵家渡要天黑了吧？她心里暗暗地想，我要跟着他们，就这样，她跟上他们的速度，别人停下来吃东西她也停下来，别人走她就小跑着，因为害怕，她不敢和别人说话，生怕跟掉了找不到路，一路上躲躲藏藏地坚持着坚定着，100多里路，没有东西吃，没有水喝，整整一天，翻山越岭的路，一座一座的山，直到天完全黑下来，7月的天气，汗流浃背，衣服不知道干了湿、湿了干多少次了，她终于跟着挑夫走到了赵家渡，鞋子已经破了，双腿像灌了铅一样，河风吹过来，摸摸衣服又已经快干了。

赵家渡自古是个渡口，有3条河流经这个小镇，许多船家就在船上生活，暮色四合，天边还有些许的光亮，河里的船上点了煤油灯像萤火虫一样亮着。她知道妈妈在河边的一处人家，她依稀记得妈妈住在河边房子的模样，看着夜色升起，心里充满焦虑，妈妈到底在哪儿？走过这座桥在这边沿街看看，不是啊！又走到桥的那边看看还是找不到啊，在桥上来回走了两次，完全绝望了，夜晚来临，又累又饿又害怕，又一次走到桥头，看见江水翻腾着，可是怎么也找不到妈妈，望着江水，哭天无路啊，绝望的心弥漫了整个身体，内心在反复地哭泣："我的命怎么这么苦啊？妈妈你在哪里啊？我已经无路可走啦！"那一刻她已经崩溃了，就要放弃再找了！

不知过了多久，仿佛世界突然之间安静了，内心一片空白，就在那一瞬间，绝望无助的一瞬间，突然她听到了两个人走路说话的声音，屏住呼吸，她听到了熟悉的声音！抬眼一看简直不敢相信！原来妈妈正好端着盆子在河边洗好衣服走到了这里。看到妈妈那一刻，憋着通红的小脸喊了一声：妈啊！就再也说不出任何话了，她妈妈把她拉到跟前看了又看，忽地一下就抱在怀里了，她就这样喉头紧缩，生生地憋在那里20分钟都没有哭出来！又累又饿又担惊受怕，几天以来不曾哭过不敢流的泪水奔涌而来，她扑在妈妈怀里号啕大哭，边哭边喊爸爸没了，我好害怕，我再也不回去了……

从此，那个女孩再也没有回到老家，就在赵家渡一直生活下去了。

那个女孩，是我的妈妈。

每次听到妈妈讲这个经历，我都无比地崇拜和胆战心惊。如果那个时候妈妈随便在哪一步放弃了，便没有了她实现梦想的机会！也便没有了我们今天的一大家子。她一直告诫我们，无论面对多大的困难绝不能放弃！只要坚持就有希望！她要努力地活着才对得起她死去的 8 个哥哥姐姐！她要把他们没有活过的岁月都替他们认真地活着！她在退休之后一个人去了 20 多个国家旅行，如今 77 岁的年龄，依然坚持不认输！不服输的妈妈，严厉地对待自己，对待我们姐妹三个。而我们三个也成为 20 世纪 80 年代，我们那个地方唯一三姐妹都上了大学的家庭。妈妈的坚持、勇敢、冒险精神传承给了我们，变成了流淌在我血液中的最大的力量。

一个人放弃了坚持，就放弃了自己的梦想！一个人放弃了自己的生命就没有了家族的传承！一个放弃会让未来输了让人生输了！一个放弃会让家族所有的希望落空！一个民族放弃了就亡国了！放弃很容易，坚持很困难，但是只有坚持才能让我们见到更加明媚的春天！迎接更加灿烂的未来！

拓展阅读：第 002 个心锁——自我放弃

每一个人都是带着不同程度的期待来到这个世界上。

比如：父母原本期待生个儿子，结果却生了个女儿，抑或他们非常期待有个女儿，结果却来了个儿子。或者你从出生之日起就是全家的期望，甚至是全族的期望。这种期望和使命的枷锁使得我们在成长过程中的需求，经常不被看见，不被正视甚至不被理解。父母或者周遭的长辈总是用他们心中理想孩子的模型来对标来评断我们。

当我们符合或者接近他们心中的标准时，就会获得诸多的赞美和鼓励。而当我们不符合或者背离他们心中的标准时，就会获得惩罚和批判。

同时当我们流露出作为"我"这个独一无二的个体所呈现出的自然的情感与需求时，父母常常会用"你应该这样"，或者"你应该那样"的标准来要求我们。在这样一次次的互动过程中，这个"自我放弃"的心锁，就渐渐进入了我们的生命，为了得到父母的赞美和夸奖，我们愈来愈远离本来的自己，渐渐成为父母所期待的样子。

这个心锁对我们的影响是：每当我们内心真实的情感和需求浮现时，心里便会有很深的恐惧感或者强烈的担心同时出现，我们会觉得自己如果表达出内心真实的需求，别人一定会不再喜欢我们，进而破坏我们与对方之间原本和谐稳定的关系。于是，我们渐渐学会了不去正视自己的真实情感，不去表达自己的真实需求，我们会选择沉默或者放弃，放弃那个真实的自我。

●心锁笔记

关于"自我放弃"这个心锁，我邀请您写下在自己的成长过程中，关于这个心锁的笔记。

在您即将写下属于自己的心锁笔记时，我再次邀请您像第一次写下心锁笔记的流程那样，独自认真地先做一个静心练习，这样会让您的笔记更加清晰和真切（注：静心练习请参看第一个故事后的指导步骤）。

做完这个静心练习后，请您再次打开书本，用心写下自己的觉察笔记：

1. 阅读完这个故事，并了解了"自我放弃"这个内在成长的心锁后，我觉察到的是：

_____

_____

_____

2. 我拥有——（感受自我内在的丰盛、身体的丰盛、关系的丰盛、环境的丰盛）

_____

_____

_____

今天我学会把
内在的感受和爱说出口，
这就是成功的一天。

第三个节气：立春

勇　敢

作者/安若

　　此刻，在这样一个雨后的夏日下午，儿子在旁边拿着手机听课，我听着音乐整理着晚上需要分享的课程。岁月如此静好，生命如此美好。

　　想到今天中午孩子放学已经两个小时了还没有到家，外面还在下着雨，联系了老师说他早就走了，心里惦记着他，于是就换了衣服准备去他放学的路上接一下，看能否遇上可以让他少淋一些雨。刚准备下楼门铃就响了，我就站在电梯口等他，看到是他心里才安。

　　孩子一进门就去书包里拿东西，问他吃饭了没有，说还没有吃，手依然没停地在找书包里的东西。找到拿出来就对我说："化了，您去冰箱里再冻一下吧。"我心想什么东西啊？拿到手里看清楚后瞬间心就融化了，是一个已经在袋子里化成水的雪糕。因为昨天在一起闲聊说起来很久以前我喜欢吃这个，但是好多年没见了，现在想起来还馋。谁知道孩子就把这个放在心里了，今天放学特意去找了给我买回来。几十公里的路，走路倒两趟地铁，下车再走 20 多分钟才到家，就这样带给妈妈随口一说的喜欢吃的雪糕！我内心除了感动还是感动！

和孩子拥抱，抱着这个比我还高的少年说："谢谢你儿子，妈妈很感动，雪糕虽然已经化成了水，但是妈妈收到了你的心意，谢谢你把妈妈的需要放在心上，我爱你儿子。""我也爱您，老娘。"孩子用他喜欢的方式表达着对妈妈的爱！

我从小的生活环境和习惯都是不爱表达的，记得长大后第一次有收入给爸爸买了一双手套，都不敢告诉爸爸，悄悄地放在他的衣服口袋里。他生病了很严重，自己都不好意思进他的房间问候一下，只会每天站在自己房间的窗口看着爸爸的房间，心疼、惦记、担心，却又无法表达。

嫁给先生后，发现真的就是一家人，公公婆婆和先生都很善良，默默地做了很多，只是不善言辞不爱表达，家里除了沉默就是沉默，除了安静就是安静。曾经有过感动他们的默默付出，但很多时候还是会因为彼此不怎么沟通，不了解彼此的心意而产生冲突，甚至产生想要放弃婚姻的念头。

孩子在这样的环境中长大，更是不善言辞不爱表达，看到孩子和同学相处中因为这个被误解，特别是一次在辅导班里，被能言善辩的同学语言攻击，气得浑身发抖把书都撕了，气得腿都软了站不起来，但是依然说不出来是为了什么。看到从来脾气温和的儿子第一次和人发生如此的冲突，如此的痛苦，内心都是心疼和悲伤。

都说女子本弱，为母则刚。我也在这一次孩子和同学冲突的事件里，知道要如何学习因材施教，如何有效养育自己的孩子，于是开始把自己的注意力从生意中转移到家庭教育，从来都恐惧舞台的自己开始学习演讲，学习沟通和表达。也鼓励孩子表达，带他去参加少年演说，去参加各种训练营，支持和鼓励孩子表达。

更是从自己开始，从一个只会有事说事，没事沉默、严格、严厉的妈妈，开始学习着每天表达对孩子的爱，即使很不习惯，即使有各种不好意思和坎儿，即使表达得如此笨拙和生涩。依然一点点开始，对孩子说爱他，对爱人表达爱和关心，不管是语言上还是行动上。就这样坚持表达，带着孩子一起表达，一天、一月、一年……

当有一天，从来不主动表达的孩子，在电话里悄声地问："妈妈，您什么时候回来啊，您都出差好长时间了，我想您了……"

当孩子放学回家第一时间跑到我的房间，抱着我说："妈妈我回来了……"

当孩子犯了错误，走到我的面前说："妈妈我错了，您别伤心了……"

当孩子可以顺畅地表达他的心意，敢于表达他的需要，自然地把爱说出口的时候；当孩子勇敢地表达自己的喜欢和不喜欢，勇敢地表达对父母对老师某些行为的不满的时候，我的内心满是喜悦，开心于孩子终于可以说出他内心的声音，可以勇敢地做自己，表达自己，成为那个他自己都欣赏的自己！

如果你爱他就告诉他，如果你有想法就勇敢地去表达，让语言成为彼此的桥梁，让爱传递！

拓展阅读：第 003 个心锁——亲密恐惧

亲密接触是表达爱的最原始也是最直接的语言，每个人都存在着接触饥饿，需要通过亲密接触才能产生满足感。婴幼儿的生长发育离不开父母的亲密抚摸，当父母用"抱""按""捏"等方式与婴儿接触，再伴以父母充满爱意的表情时，婴幼儿是可以感觉和领会到安全和爱的，继而会放松身体停止哭闹。但是一些父母由于自身的原因，非常不善于和孩子有这些亲密的肢体接触，从小缺乏亲密接触的孩子就会形成"亲密恐惧"这把心锁。

有时候父母习惯性的"不耐烦"也会让我们接受到这样的信息，比如当妈妈下班回家，接到一个工作电话的时候，孩子一天没看见妈妈，想要妈妈陪他玩，兴奋地跑过来扯着妈妈的胳膊对妈妈说："妈妈，妈妈，陪我一起搭积木吧。"这时候，妈妈通常都会捂着电话烦躁地说："走开啦，你没看见我在打电话吗？怎么每次都这样。"父母在这样的焦虑情况下而发出的斥责或者叫停，会让孩子形成"亲密恐惧"。

这个心锁对我们长大之后的影响是造成我们与人接近或接触上的困扰，尤其是那些我们喜欢或是有权威的人，当我们与他们接近时，会条件反射似的回到幼年时的情景，那种习惯性地被拒绝，被呵斥，被叫停会让我们心中感到十分的害怕和紧张。

一个在被爱和被尊重的环境下充分滋养长大的个体，所呈现出的自信及亲密度，与经过疗愈、通过后天自我努力后达到自信的人是不同的。前者可以很自然地与人亲近，也会懂得尊重别人的界限，而后者的谨小慎微会让人感受到他们的辛苦与不自然。

●心锁笔记

关于"亲密恐惧"这个心锁，我邀请您写下在自己的成长过程中，关于这个心锁的笔记。

在您即将写下属于自己的心锁笔记时，我再次邀请您像第一次写下心锁笔记的流程那样，独自认真地先做一个静心练习，这样会让您的笔记更加清晰和真切（注：静心练习请参看第一个故事后的指导步骤）。

做完这个静心练习后，请您再次打开书本，用心写下自己的觉察笔记：

1. 阅读完这个故事，并了解了"亲密恐惧"这个内在成长的心锁后，我觉察到的是：

_____

_____

_____

2. 我拥有——（感受自我内在的丰盛、身体的丰盛、关系的丰盛、环境的丰盛）

_____

_____

_____

今天我学会
即便没有把每件事
都做的完美，
但依然还爱自己，
这就是成功的一天。

第四个节气：雨水

报恩还是报仇

作者/杨鑫

在你心目中，你的孩子此生是来报恩的还是来报仇的？

这是网络上一句玩笑话，但也折射出家庭教育中很多家长都会遇到的问题。

作为家长，明明已经很努力了，为孩子准备精美的餐食，送孩子去最好的学校读书，重金送孩子去各种补习班，从全脑开发到珠心算，从数独到跆拳道，从舞蹈到音乐、美术、英语、书法。可是孩子就是哪儿哪儿都不让你满意，起床拖拉、学习跟不上、作业写得费劲、一心想着出去玩、偶尔还在幼儿园和学校调皮捣蛋被老师找来谈话。

经常在夜深人静时，仰天长啸，扪心自问，我上辈子造了什么孽了，这辈子生出你这么个玩意儿？

于是就有了这句戏谑之词：学霸是来报恩的，学渣是来报仇的。

我从有记忆开始，学习就一直名列前茅，而且从来不用家里人为我的学习操心。每天放学后总是第一时间把作业写完，主动预习学习内容。经常去书店，主动买练习题回来作为补充学习。寒暑假时会把下学期要学的课程全部都自学一遍，这样的习惯一直保持到大学毕业。

不光是读书，我还积极参与学校的各项活动。小学开始跳舞、演讲、主持活动，初中开始做学生会干部，一直到大学都是班级、院校级别的学生干部。每学期奖状真是拿到手软，有些奖状都发到我手里了，我才知道，哦，我还获了这个奖啊。

一路成长都是"别人家的孩子"，妥妥的学霸。

孩子出生到现在，7 年了，我越来越发现，基因遗传这事是有选择的，至少我儿子没有遗传我的学习基因。

他 3 岁前，我一直秉持着快乐成长的育儿理念，让他过我心目中的快乐童年，可能是为了弥补我很多时间都用在读书上，玩得少的遗憾。想着未来读书十几年呢，不差这一两年。看着身边同龄的小孩开始背古诗、学数字、汉字。家里老人总是催促，你怎么还不教孩子学习啊？赢在起跑线上的观点让他们一看到别人家孩子古诗倒背如流时就更加焦虑了。

我还反驳说，上学了，哪个孩子不会算数、不会背书啊。学那么早干什么。

一语成谶啊，我儿子上学时是真—不—会啊！

于是我的焦虑也日渐凸显，教练状态很多时候也开始 hold 不住了。慢慢从温柔安静，加入了河东狮吼的行列。不写作业母慈子孝，一写作业鸡飞狗跳。经常在辅导完作业之后，我都吃不下饭，因为堵得慌。有些时候，我对自己说：放弃吧，还是保命重要啊。新闻里很多陪写作业的家长都突发心梗、高血压之类的。我觉得没有什么作业比我的命更重要了。针对如何教养孩子的问题，我也请教过育儿专家、资深教练、国学大师。道理好像都懂，但还是过不了这一关。

有一天，我陪儿子下楼玩，快回来时，他陪我去买水果、取快递。东西有些多，他看我拿的东西太多了。主动和我说："妈妈，你帮我拿我的玩具枪，我帮你拿东西吧。"东西很沉，我觉得他拿起来肯定费劲，搞不好掉在地上还摔坏了，就说算了吧，你拿好你自己的东西就行了。可他坚持要帮我拿，我就想那就锻炼一下他吧，反正东西确实挺沉的。正午的阳光很晒，我把东西给了他，就快步走在前面准备去开楼门。他在后面跟着。一会儿就听见他喊："妈妈你在阴凉处等等我！"我一回头，看见瘦小的他已经被手里的东西坠得走路东倒西歪的，但他还在坚持，又怕我嫌太晒不等他，就让我在阴凉处等等他。我回头，看见那一刻阳光照在他的脸上、身上。时间仿佛静止了，光影之间，过往的很多画面浮现在眼前。

虽然他很不爱学习，但是幼儿园老师还是非常喜欢他的。在幼儿园，他会主动帮老师摆桌子、椅子，吃饭的时候最愿意给小朋友们发碗和勺子，班级里来了刚入园的小朋友，他还会帮老师拍小朋友午睡，平时也会关心老师，特别愿意和老师们聊天。全幼儿园的老师都认识他。从幼儿园毕业很久后，老师都还会发信息关心他，假期时邀请他回去玩。我想可能除了学习这件事费点劲之外，真的挑不出什么大毛病。

那我到底在焦虑什么？我到底着急的是什么？

想到这里，我对他说："别着急，慢点，我等你！"

这句我等你，我更想说的是：孩子，别着急，我在等你长大，我会等着你长大。等你去探索你自己独特的路。那条路可能与我经历的或者我心目中理想的路不一样，但我相信那也一定有属于你自己的独特。

每个人来到这个世界上都有自己独特的使命，都有自己性格行为和心智模式的偏好。我是一个急性子，更多关注事情的结果，所以讲究效率、严谨。儿子是一个慢性子，更多关注人的感受，所以很多时候显得特别佛系，不紧不慢。正是因为不同，才让这个世界缤纷多彩。

如果我们能深入学习并善于利用性格的知识，我们就可以更好地洞见自己，找到真正的自己并更加了解自己、修炼自己，遇到更好的自己、接纳自己、丰盛富足自己。同时，我们还可以洞察他人，更好地理解对方、读懂对方，不再困惑和纠结；影响他人，更好地发挥个人影响力，用不同的方式和其他人有效互动、建立良性的关系。

拓展阅读：第 004 个心锁——力求完美

有这样一类人，会有"力求完美"的信念，细心观察，会发现这类人的父母常常非常出众和优秀，他们在自身成长中对自己的要求也非常严苛，继而会将他们追求完美的标准和要求加到孩子身上。于是在生活中，这类父母常常会否定孩子的付出，他们会习惯性地说"这么简单的事情，你为什么总做不好"？或者"你为什么又错了，能不能认真一点？做不好不如别做了"。这类话乍一听是希望孩子再努力一些，再好一些，可背后的逻辑是"你必须做到完美"。

这样的父母很容易就挑出孩子做得不够好的地方，孩子非常努力地打扫完的房间，他们一眼就可以指出那0.1%有灰尘的地方。孩子非常认真完成的美术作品，他们一眼就可以看出其中的瑕疵，并严厉批评这里为什么没有画好。

这样的"力求完美"使接收信息的人感受到"我什么都做不好，我不行，我不够好"的消极信念以及强烈的挫败感，于是"力求完美"的信念会时刻伴随在我们左右。

当我们身上有这个"力求完美"的信念时，我们会不断给自己施压，给自己的每一个表现打分，去评判自己的每一个举动，我们的标准里只有满分和零分，没有其他分值。因为在我们心中对自己早已有了很高的期许，我们不允许自己有丝毫的差错，只要不小心失败或犯错，内心便会有强烈的自责。这种无形的压力会让自己很难受，也会让跟我们相处的人感受到巨大的压力。

●心锁笔记

关于"力求完美"这个心锁，我邀请您写下在自己的成长过程中，关于这个心锁的笔记。

在您即将写下属于自己的心锁笔记时，我再次邀请您像第一次写下心锁笔记的流程那样，独自认真地先做一个静心练习，这样会让您的笔记更加清晰和真切（注：静心练习请参看第一个故事后的指导步骤）。

做完这个静心练习后，请您再次打开书本，用心写下自己的觉察笔记：

1. 阅读完这个故事，并了解了"力求完美"这个内在成长的心锁后，我觉察到的是：

_____

_____

_____

2. 我拥有——（感受自我内在的丰盛、身体的丰盛、关系的丰盛、环境的丰盛）

_____

_____

_____

今天我明白这个世界上，
没有任何人能比得上
你自己更爱你自己，
这就是成功的一天。

第五个节气：惊蛰

一杯蜂蜜水

作者/杜桂桃

女儿4岁，胖胖的小脸，胖胖的小手儿，跑起来胖胖的小屁股一扭一扭，笨笨的特别可爱。有时候我们逗她，让她把桌子上洒落的饼干渣捡起来，她嘟着个小嘴，两只圆乎乎的小手指头认真地一捏一捏，捏半天也捡不起几个，在爸爸妈妈的眼里，这个小天使就是天生要被照顾的！

一天早上，"啪"的一声，清晨的宁静被划破，我猛然醒来，发现女儿不在床上，"小七!"我赶紧拍醒先生，两人一骨碌爬起来冲向厨房。原来女儿一早偷偷跑去厨房，就像爸爸妈妈每天早上会为家人每人准备一杯蜂蜜水一样，尝试着独立完成，这对平时走平路都会自己摔跟头的女儿来说，无疑是件大工程呢。我能够想象，首先她需要笨拙地爬上凳子，踮起脚尖，打开橱柜，取下蜂蜜罐子，然后用热水和凉白开兑出温水，最后盛两勺蜂蜜放进去搅拌，还要端出来放在餐桌上。这是准备给爸爸妈妈的惊喜，只不过这个惊喜有点"声儿"大了。

我和先生冲进厨房时，女儿也同一时间冲出厨房，扑在我的怀里，小身子在我的怀里发抖，头埋得深深的不肯抬起来，小手紧紧地抱着我，小小的身体都是僵硬的。

"宝贝，妈妈看看有没有划伤？"

小七双手抱着我的腰，不肯松开，也不肯把小手拿出来。先生示意我，安静先别问。我只能紧紧地抱住她，缓了一阵儿，蹲下来抱起她。

"妈妈，我做错事了，你还爱我吗？"小七小心翼翼地问。

"当然啦！妈妈永远爱你呀！你是妈妈的宝贝！"我非常认真地看着她的眼睛说，还在她小小的额头上深深地亲上一口，感觉她放松些了。

"让我来猜猜，我的小宝贝一早起来去做什么啦！嗯……你一定是去扫地了吧？"我故意逗她。

"不对。"她摇摇头，依然看着小脚尖。

"那我再来猜猜看，你肯定打算早早洗漱完，准备早早去上幼儿园！"我斩钉截铁地说。

"也不对。"小七抬头看了我一下，紧张的小脸终于有点释怀了。

"啊，也不对呀！好难呀！那你是不是准备下楼去买早点，给爸爸妈妈惊喜呀！"我故作猜想。

"咯咯，当然不是啦！"她被逗乐了，"我想给爸爸妈妈准备一杯蜂蜜水，可是……"小脑袋瓜又低下了。

"哇！我的小七在做这么大一个工程呀！蜂蜜罐那么高，你是怎么够到的呢？"我看着她的眼睛认真地"求教"。

"搬椅子。"小手指向厨房，"可是，杯子打碎了。"

"呀！那还挺危险呢，杯子碎了不要紧，划破了手，妈妈会心疼的。"我仔细查看眼前这双小手，小小的，胖胖的，软软的。"还好，手好好的，这是双能干的小胖手！"我在两只小手上深深地亲了两下。

"妈妈，我打碎了你的杯子，你还爱我吗？"小七用肉嘟嘟的小手捧起我的脸，亮亮的眼睛一眨一眨地望着我。

"爱，必须爱，你是妈妈的宝贝，妈妈永远爱你。"我也认真地回答。

小七叽里咕噜从我的怀里挣脱，跑去厨房，先生怕碎片扎着她，赶紧跟过去。只见她从橱柜里拿出了玻璃杯说："妈妈，我给你画一个爱心杯吧。"

"爸爸来帮忙！"先生也来了兴致，两人神神秘秘地去书房了。

爷俩叮叮咣咣地一顿捣鼓，我好奇地想看看，人家还把门关上了。说是要给我惊喜，还不让我看。一会儿工夫，"妈妈，给你！"女儿迈着笨笨的小步伐，小胖手递到我眼前来。送到我面前的是一只颜料还没干的水杯，稚嫩的笔画，五颜六色的画风，从杯底到杯口，这个杯子被打扮得"无从下口"，小胖手都和这个花杯子融为一体了。再望望小花猫似的小七，一双大大的眼睛，闪着亮光，胖嘟嘟的小脸笑得像花儿一样。女儿背后是憨憨的先生，一样的笑脸，一样的眼睛，我心里暖暖的，眼眶不由得红了。我把杯子紧紧贴在胸前说："这是妈妈最最最喜欢的杯子啦！"

"三明治！"先生边喊边张开双臂，我和女儿立刻就迎了上去（这是我们三个人经常玩的一个游戏，我和先生拥抱在一起，中间夹着女儿，我们称这个游戏为"三明治"）。与以往不同，今天的"三明治"是彩色的——彩色的女儿，彩色的爸爸，彩色的妈妈。流动在这一抹色彩当中的，是暖暖的爱和幸福。

回想孩子成长的过程，这些场景是不是近在眼前呢？

当孩子吃饭时，第一次用筷子笨拙地插起一个馒头，第一次把饭粒撒得满身都是，你当下的反应是：啊！笨死啦！弄这一身我还得给你洗！就不能省点心！还是：看，我的孩子吃得多卖力！

当孩子趁你不注意，把你的化妆品涂了满头满脸，把你的口红画满墙时，你当下的反应是：啊！你这个熊孩子！知道我这化妆品多贵吗？这让我怎么洗（擦）干净！还是：看，我的孩子正在创造美！

当孩子洗袜子用掉了一大瓶洗衣液，并乐此不疲时，你当下的反应是：啊！一大瓶给我全祸祸啦！你这个败家孩子，以后不准你再玩儿洗衣液！还是：看，我的孩子正在努力学会洗衣服！

各位亲爱的妈妈，当你的孩子让你崩溃时，试试按下暂停键。把"你这个熊孩子！尽给我捣乱"换一种想法——"我的孩子正在成长！又在做新的尝试，又要获得一种新技能！"然后你会发现，眼前这个孩子怎么这么可爱，生活处处是色彩！

拓展阅读：第 005 个心锁——放任自流

有一些父母，因为忙于生计，或者这样那样的原因，很少会和孩子在一起，也很少会给孩子情感上的关注和回应。特别是一些留守儿童更为明显。久而久之，这样被父母放任自流的孩子和父母之间就会产生隔阂。父母不懂孩子的需求，任孩子的情感之树野蛮生长，有时候这样的放任自流甚至会被冠以"给孩子足够的自由和尊重"的名头。当他们和孩子偶尔团聚在一起时，双方都显得非常"客气"甚至是陌生。另一些父母，为了补偿自己对孩子的放任自流，补偿自己的不关心和陪伴缺失，会选择在有时间和精力关心孩子的时候，过度关心和过度干涉，走入另一个极端。

因为生命中缺乏爱的表达和练习，当"放任自流"的心锁随着我们的成长扎根进我们的生命里时，长大之后我们会很难对人有正面的回馈与表达，尤其是在表达我们对对方的欣赏、感谢与喜欢的情感时，我们会很难将这样的正向情感说出口。

也有一些人不论碰到谁表现出很喜欢对方的状态时，他们会选择言不由衷地赞美别人："哇！你真的好棒哦！你真是太了不起了！"可是当他们在说这番赞美时，也是从小从父母身上习得的情感补偿，对方往往感觉不到他们说话时的诚恳与真心。

●心锁笔记

关于"放任自流"这个心锁，我邀请您写下在自己的成长过程中，关于这个心锁的笔记。

在您即将写下属于自己的心锁笔记时，我再次邀请您像第一次写下心锁笔记的流程那样，独自认真地先做一个静心练习，这样会让您的笔记更加清晰和真切（注：静心练习请参看第一个故事后的指导步骤）。

做完这个静心练习后，请您再次打开书本，用心写下自己的觉察笔记：

1. 阅读完这个故事，并了解了"放任自流"这个内在成长的心锁后，我觉察到的是：

_____

_____

_____

2. 我拥有——（感受自我内在的丰盛、身体的丰盛、关系的丰盛、环境的丰盛）

_____

_____

_____

今天我感激上天
赐给"活着"这份礼物，
并有机会
不断学习与成长，
这就是成功的一天。

第六个节气：春分

女孩子，不蒸馒头争口气
作者/诗雅

"你怎么回事？警察给我留言说你自杀，被110送到××医院急救室，速来。吓得我自行车往马路上一扔，打车就来了。"妈妈焦急又生气地对着急救病床上的我怒吼着。

这是一个号称火炉城市夏天的下午，天气预报说今天气温将近40摄氏度，她一边擦着额头上豆大的汗珠，一边看着护士给我挂点滴。13岁的我苍白着一张小脸忍着剧痛，轻声和妈妈说："我没事。就是体育课跑步，跑到肚子痛，痛到脸色煞白，老师害怕出事才打的120，然后就有警车把我送到这儿了。"

妈妈看我还能正常说话，这才舒了口气，嘴里边嘟囔着"我的自行车扔在马路上估计是没了"，边和护士去办理手续去了。

我斜躺在床上用力按着肚子，咬着嘴唇强忍着痛，问护士："阿姨，我妈妈刚刚怎么说我是自杀？"护士看了看我，又用手指了指隔壁床的一个看起来是 20 岁刚出头的小姐姐说："可能搞错了吧，是她感情受挫，要割腕自杀，你俩一辆警车送来的。"我转头看了看那个小姐姐点点头。

妈妈办理了手续又了解了情况：我只是生理期痛经痛到痉挛，医生给我打了止痛针和备了止痛药，说休息几个小时就可以回家了。

回家路上，妈妈对我嘟囔着："哎，我刚听说和你一起送来的小姑娘是感情受挫就自杀，女孩子啊，一定要有志气，自立自强，不蒸馒头争口气，自己好好的。"随即不解地问，"你怎么会痛成这样？""妈，我们今天体育课跑 800 米，我努力跑进了第三名，跑完我肚子就痛到不行了。""你傻啊，生理期还这么拼命地跑什么？我让你争气争在学习上，你自己的身体不知道啥情况啊？"

小时候，从我记事开始，我脑子里时常都回荡着妈妈的话："媛媛，我们是女孩，不蒸馒头争口气！吃得苦中苦，方为人上人，要有志气，别被人瞧不起。"

在生我之前，妈妈怀过一个男孩，因为当时外婆病危在床不能自理，她为了更好地照顾外婆，一个人悄悄去堕胎，哪知道没几个月又怀上了我，医生不同意她接连堕胎，不得已才留下了我。

本来 B 超说是男孩，可生出来却是个女孩。我出生当天，奶奶见我是个女孩，转头就走，日后仍耿耿于怀，时不时就会埋怨妈妈生了个丫头，断了香火。

妈妈很不服气，丫头怎么了？"女孩，不蒸馒头争口气"成了她的口头禅，也像个魔咒一样长在了我的脑袋里。于是，不管是学习还是体育，哪怕是我不擅长的方面，我也会下苦功夫，想着我要争气。

小学时写汉字，我不知怎的，就是写得不端正，总是往一个方向倒，老师批改作业费劲就找妈妈到学校谈话："这孩子这样的字将来遇到大考试要吃大亏的，那都是交叉批改试卷，别的老师可没这么多耐心看。"妈妈回家后，一下给我买了好多本字帖练字。作业本上字写得不好看，她就给我擦掉一遍遍练，橡皮把纸张擦薄了，擦出一个个洞来，就把纸撕了重写。作业本撕薄了，就换一本，再把作业重写一遍，直到赶上进度。

于是，我那时候的作业仿佛一下子多了很多倍，经常写到深夜。爸爸看不下去时，就会和妈妈争论几句。妈妈就又会语重心长地说："女孩子，要自立自强，咱不蒸馒头争口气，字可是第二张门面，得好好写。"

高三住校日日夜夜地啃书，每当我想偷懒时，似乎就有妈妈的声音在给我打气"不蒸馒头争口气"，嗯，争口气，我拿到了当时全国排名第三的浙江大学的录取通知书。

大学毕业，作为业务助理进入国际化的上市集团公司，HR 总监面试时告知这里的晋升制度自由，不看资历看能力，好好干，每个人都有机会。随即脑袋里又浮现了妈妈的话"不蒸馒头争口气"。

作为一个新人，我主动学习部门各个岗位的业务知识。每天，最早到公司打扫办公环境，提前打印整理前一晚的文件，见缝插针地虚心向前辈请教业务知识，把往年的业务文件拿来学习研究。时常一抬头，早已过了下班时间，办公室只剩下了老板和我。

一个月实习期满时，我被 HR 通知，我代替了一个有 5 年工作经验的男士，破格提拔为 5 个中层管理之一，成为当时最年轻的部门经理，管理 18 个比我年龄资历长的业务员。高兴之余，这突然的升职，在公司也引来了闲言碎语，什么空降兵啊，什么领导亲戚啊，什么男女关系不正常啊，等等。

妈妈看出了我近日来脸色不对，问明原因，安慰我："女儿，不蒸馒头争口气，好好干，干出成绩给他们看。"嗯，于是我更加努力勤恳，主动去服务公司最难搞的一个国外客户。交付订单时，客户不仅写信给领导表扬了我，增加了订单量还指定要我的部门继续跟单。

2009 年，我做了母亲，有了第一个女宝，妈妈抱着宝宝看了一眼，随即说："女孩挺好，咱不蒸馒头争口气。"我和老公相互看了一眼，都笑了。

我是女孩这件事，这辈子是改不掉了，我也不想改。谢谢妈妈给予我生命，谢谢妈妈在我很小的时候就送给我这句"女孩子，不蒸馒头争口气"。这么多年，我成为妈妈和家族的骄傲。或许我不会把这句"不蒸馒头争口气"直接灌输给我的孩子们，但我在用自己的实际行动，每天看书，运动，持续学习成长，成为孩子们的榜样。

不因为别人的眼光而自暴自弃，不因为别人的嘲讽半途而废，有着"咬定青山不放松"的韧劲，这是我要争的气，也是我希望传递给孩子们的。

拓展阅读：第 006 个心锁——否定存在

古语云："良言一句三冬暖，恶语伤人六月寒。"你印象中最伤人的话是什么？让你最否定自己的话又是什么？

你的童年父母是否对你说过，"我不要你了。""我生你还不如生一块叉烧，你不如死了算了。""养你真的一点用都没有，你这个没用的东西。"这类话真的既刺耳又让人寒心。

再来看，小时候因为犯错被父母过度体罚责骂，甚至当众被羞辱，比如：小时候只是因为我偷拿了家里的 5 角钱，结果被祖母脱光了衣服当众追打，然后继续当众罚跪并且继续辱骂的经历。这些童年的创伤记忆会让我们的意识里渐渐产生"否定存在"这个心锁并随着否定次数的增多慢慢扎根在我们的意识里。

当父母用敌对或者冷漠的态度来对待孩子，这种漠视会让孩子觉得父母并不爱他，他的存在对于父母甚至对于这个世界而言都是可有可无，无足轻重的。

"否定存在"这个心锁，是产生自杀念头的最主要根源，常常觉得自己活在这个世界上一点意义都没有。而在与他人的互动关系中，不自觉地会产生自己无足轻重，自己会成为别人的负担，自己的存在是多余且不必要的这类念头。而"否定存在"的另一种表现形式是，一些人为了抗拒这种宿命或避开自我批判，非常努力地将自己进化到另一个极端，不放弃任何机会刻意凸显自己的重要。他们会不断地告诉自己："我是最棒的！""我是最好、最有价值的！"不断地强化这个信念，处处表现出"我能行""我可以"的一面，用尽全力把自己塑造成无敌铁金刚的样子。很用力、很辛苦地生活。

●心锁笔记

关于"否定存在"这个心锁，我邀请您写下在自己的成长过程中，关于这个心锁的笔记。

在您即将写下属于自己的心锁笔记时，我再次邀请您像第一次写下心锁笔记的流程那样，独自认真地先做一个静心练习，这样会让您的笔记更加清晰和真切（注：静心练习请参看第一个故事后的指导步骤）。

做完这个静心练习后，请您再次打开书本，用心写下自己的觉察笔记：

1. 阅读完这个故事，并了解了"否定存在"这个内在成长的心锁后，我觉察到的是：

_____

_____

_____

2. 我拥有——（感受自我内在的丰盛、身体的丰盛、关系的丰盛、环境的丰盛）

_____

_____

_____

今天我明白：爱，
是以接收方来定义的，
这就是成功的一天。

第七个节气：清明

她和谁结婚
作者/儒果酱

　　转眼间，儿子已经是个 13 岁的小伙子了，在这转瞬即逝的 13 年里，我和他爸爸无时无刻不在赞叹着他在成长中的每一个细微的变化，从整天把为什么挂在嘴边，到如今班主任老师嘴里的"怪才少年"，我们欣喜地陪伴着他的天性里的每个闪光时刻。

　　有一件印象特别深刻的事情。记得大概是他 6 岁的时候，有一天，他照例缠着要我讲个故事才能乖乖去睡觉。

　　我靠在床角张开双臂，"那就来吧！"他抱着心爱的绘本嬉笑地滚进我怀里。"今天想听什么故事？"我一边翻阅着他挑选的几个绘本，一边轻声地询问着。

"我还想听那个躺在核桃里面睡觉的小妹妹的故事。"他后仰着靠在我怀里，蹭到一个最舒服的位置，便翻动我手里的绘本自行寻找起来。

"是这个拇指姑娘吗?"我拿起那本封面是睡在花瓣里的姑娘的绘本，"嗯嗯，妈妈快讲!"小伙子开心地抓着我的手，翻动起来。

我笑着安抚着他急切的小手，看着画面，缓缓念了起来："很久以前，有个温柔的女人，她特别想要个女儿……"儿子一边认真地听我念着故事，一边用手指顺着图画轮廓摩挲着可爱的拇指姑娘。

我们一起沉浸在拇指姑娘的各种历险之中——当她幸福地躺在花瓣床上安睡时，我们会跟着舒适地叹息;当她遭遇各种挫折时，我们会紧张地握紧双手为她鼓劲。拇指姑娘经历各种磨难渐渐学会独立求生且与花王国的小王子幸福地生活在了一起。

这个 happy end 让我和儿子开心了好久，我们一边收拾床铺准备睡觉;一边聊着各自的感受。

儿子笑意盈盈地说："妈咪，我也很喜欢拇指姑娘，她那么小点儿，就算被坏人欺负了也不怕!"

"她自己没什么吃的都还要照顾那只受伤的小鸟。我要是小王子，我也喜欢和她在一起。"

儿子不会形容有多喜欢，他只懂得把两只胳膊张得大大的，来表达他认为的那个"喜欢"程度。我看他舒展得笔直笔直的一双小胳膊，欣慰地笑着，揉着他的小脸："肯定的！乖宝以后也一定能找到这样的女生结婚，一起生活的！"

"嗯嗯！我还会把我宝箱里面的积木和小汽车给她玩。"儿子开心地滚进了被子里面，嘴里还不停碎碎念，"她肯定会很喜欢我和我的宝箱！"

听到这里，我心念一动，随即问道："乖宝以后要找个自己喜欢的人结婚，一起生活对吗？""对啊！"儿子立马肯定地点点头，"一定要我自己喜欢的才可以！"

"那要是爸比和妈咪不喜欢她呢？"我继续故意添加条件，想看看他的选择会不会因为这些阻挠而改变，本以为他会思考与犹豫一阵子，可他一点儿也不含糊地回答道："妈咪，除了我以外，她还需要和你们结婚吗？"

那一刻，我怔住了。我被他下意识的一个反馈一击而中。他那份源于本能的直白与率真让我从心底生出丝丝的敬仰与赞叹！

是啊，婚姻是属于他人生的一部分。是他可以完全自主的人生世界。为什么一定要获得父母的认可，才能够实现呢？我们总是在儿童的教育中高喊着：孩子自己的事情，请让他们自己做主。

可是真正到了需要决断的时候，我们总是会不自觉地把所有事情的主导权，牢牢掌控在自己手中。孩子往往只能在我们过往的经验和成人的思维逻辑中，夹缝求生。

那一刻我是真心看见了成人世界中，我们的牵绊和复杂。我是真心感受到了孩童世界里，他们是如此的纯净无瑕。

不可否认，初为人母，从孕育着他的那一刻我对他的将来就有诸多计划与期待。可在这些"和风细雨"与"雷霆万钧"参半的成长经历里我才渐渐体会到：我的乖宝，他也许不够机灵，但他拥有足够的真诚；他也许不够帅气，但他更懂得包容与独立。孩子就是一个独立的个体，只有父母抛开所有的期待，才能细心体会到他这个生命个体的独特魅力。

看着他早已睡熟的脸庞，我这个做母亲的真心为他祈祷："儿子，愿这份纯真和无邪，永远存在于你的心中。愿天下所有的孩子们都能带着这份天生的纯善，幸福地过完这一生。"

拓展阅读：第 007 个心锁——过度干涉

你是不是会经常遇到这样的场景，在小区散步的时候，但凡遇到抱着孩子的母亲，跟她们聊天，聊到最后总会听见她们说："孩子要是能快点长大就好了。"可是当孩子们渐渐长大，脱离怀抱可以走路，可以上幼儿园，可以上小学的时候，一些父母又不希望孩子那么快地长大。因为在孩子成长的过程中，这些父母非常享受孩子需要他们、依赖他们的感觉。这种被需要的感觉让他们觉得自己的生命很有价值。于是我们会发现这类家庭里，孩子摔倒了还没等他自己站起来，父母就立马冲过去把孩子扶起来；孩子想要自己倒开水，父母看见了立马冲过去说"放着，我来"；孩子想要挑战一些有难度的游乐项目，父母会立即阻止并表示太危险了，还是跟在爸爸妈妈身边比较安全；孩子上学后，每天的书包还是父母收拾，接送孩子放学的路上，书包也都是父母来背。在这样的家庭中长大的孩子，往往因为父母长期的过度干涉和保护，而被训练得太过依赖父母的意见和决定，他们常常在面对问题或困难时没有主见，感到无助并选择退却。

事实上，许多父母对孩子的过度干涉往往是出自对孩子的保护和关心，他们害怕孩子受伤、失败，他们事无巨细地为孩子打理、计划好一切，却万万没想到自己这种过度照顾、过度关心的行为背后，隐隐地对孩子传达出的是"你无能！你不行！什么事都要我帮你做"的信息。

在这个心锁驱动下，父母的这种保护性行为常常会变成对孩子的干涉，会让孩子渐渐丧失自我探索和挑战的乐趣。这个心锁的另一层影响是孩子习得了父母的过度干涉，他们在长大成人后，会在家庭或者工作中主动担任那个"保护别人"的角色，去过度干涉家庭成员的生活或者工作伙伴的工作，从而获得被需要、被依赖的满足感。而一旦这种满足感被打破，他们觉得不被需要、不被依赖时就会失落、沮丧，怀疑自己存在的意义和价值。

●心锁笔记

关于"过度干涉"这个心锁，我邀请您写下在自己的成长过程中，关于这个心锁的笔记。

在您即将写下属于自己的心锁笔记时，我再次邀请您像第一次写下心锁笔记的流程那样，独自认真地先做一个静心练习，这样会让您的笔记更加清晰和真切（注：静心练习请参看第一个故事后的指导步骤）。

做完这个静心练习后，请您再次打开书本，用心写下自己的觉察笔记：

1. 阅读完这个故事，并了解了"过度干涉"这个内在成长的心锁后，我觉察到的是：

_____

_____

_____

2. 我拥有——（感受自我内在的丰盛、身体的丰盛、关系的丰盛、环境的丰盛）

_____

_____

_____

今天我明白:
改变不可避免
而且一定会发生,
这就是成功的一天。

第八个节气：谷雨

爱，原来一直都在

作者/树洞

1993 年 10 月，一个大雪纷飞的夜里，我出生在新疆一个偏远的小农村，那是父亲做木工时东家给的一个落脚点，据父亲所说，我是早产儿，母亲生我时遭了老大的罪。

生我的那晚，地面上的积雪已经有齐膝深了，再加上是深夜，地方又偏远，父亲冒着风雪深一脚浅一脚地跑了好远、好久才找到车，回来时，母亲已经疼痛得近乎昏厥，浑身上下全部被汗水湿透，父亲顾不得身上摔倒的淤青，满身的风雪，赶紧和车夫叔叔把母亲抬到了车上，迅速拿着原先就准备好的东西奔向医院，到了医院，过了好久母亲都没有被推出产房，父亲在产房外，焦急地等待，当医生出来询问父亲说，若有万一，保大保小时，据父亲后来回忆说，当时的他感觉天都塌了，慌得六神无主，哭得像个小孩，后来随着一声响亮的婴儿啼哭声，我出生了，母亲从鬼门关走了一遭，父亲瘫坐在了地上。

因为是家里的长女，我当时倍受疼爱，母亲每天都围着我转，直到我一岁半的时候，妹妹的到来，打破了我原有的幸福，两个孩子，母亲一个人照顾不过来，在我快两岁的时候，斗大的字不识一筐的母亲，背着年幼的我，抱着襁褓中的妹妹，还挎着行李，一个人坐了 4 天 3 夜的火车，回到了我们的家乡，山东菏泽东明县。

那时的计划生育特别严，我们家又算是超生，再加上后边还想要一个男孩，从下火车的那一刻，我的命运就开始有了变化，来接我们的有爷爷奶奶、外公外婆，母亲和妹妹被爷爷奶奶接走了，而我则被外公外婆带回了他们家。从此，我就是舅舅家的孩子，被外公外婆养着，从我记事起，我的记忆中就再也没有母亲的身影，她来外婆家看我也大多都是晚上的时候，记不得她身上的味道，记不得被她抱在怀里的感觉，也记不得她曾喂我吃饭、给我穿衣、教我说话、教我学走路等等的一切，记忆中的样子，永远都是她模模糊糊来去匆匆的背影。

　　小学、初中、高中，我都是在外婆家，直到高中毕业后，我才开始回父母家过年、常住，长期没在一起生活，很难适应，再加上还处在叛逆期，总是和母亲有争执。记忆中争执最凶的一次，是我高考成绩出来，选学校填报志愿时，我就想出去看看外边的世界，而母亲不同意，说女孩子远离家乡亲人，一个人在外边不安全，没着没落，也没人帮衬等等各种不好，然后说着说着我们就起了争执，我歇斯底里地哭喊着，你干吗要生我？既然生了我又不养我，如今我已长大，这个时候想插手我的事管我，早干吗去了？凭什么？又有什么资格？那次，母亲高高扬起的巴掌并没有打在我身上，而是打在了她自己身上，无声的泪水瞬间夺眶而出，她默默地走开了。而当时的我并不觉得那时自己的话有多刺痛她，转身拿着自己的东西回了外婆家。回到外婆家，我还气愤愤地和外婆说，觉得外婆宠我，肯定会安抚我，结果，外婆劈头盖脸地凶了我一顿，还打了我几下，说晚上不许给我饭吃，也不许我出去玩，然后转身就去我家找母亲去了。从小我的脾气就犟，不吃就不吃，不玩就不玩，我就躺在床上哭，直到后来哭累了睡着了。虽然那次之后，连一向疼爱我的外婆都连着好几天不理我，后来给我讲各种母亲的无奈、不易和各种大道理，也劝我别去那么远的地方读书等等，但我就是不听，毅然决然地选择了扬州的大学，再见母亲时她也没有再干预我，而我也并没有为我说过的话道歉。

　　暑假结束，开学了，我像脱缰的野马一样，奔向了外边的世界，没有了母亲的唠叨，当时的自己觉得真好，除了上学的时间，每年的寒暑假我都会勤工俭学，所以回家的时间屈指可数。就这样时间一晃，我毕业了，又选择了留在外省工作，日子就这样过着，倒也没觉得有什么不好。直到那天下午，我接到母亲的电话，她很平静，就问我在干吗，唠唠家常，后来要挂断电话的时候，反复地叮嘱我，要照顾好自己，注意身体什么的，空的时候回回家，挺想我的。我当时还在想，不是刚从家回来不久吗，不过倒也没多问，就说好的好的，然后电话就挂断了。其实那时候已经不像刚上大学的时候了，开始理解母亲。过了一会儿，妹妹发来个消息说，"妈妈被确诊乳腺癌，明天早上在郑州肿瘤医院做手术，她挺想见见你的"。当我看到这个消息的时候，顿时觉得晴天霹雳，我怎么也想不到一向健康的母亲会和癌画上等号，我没有回复妹妹，立马向公司请了假，买了最近的一班火车，我心里只有一个念头，我要回去。第二天早上6点多的时候，我出现在母亲所在的病房外，透过病房窗户，看到父亲和妹妹正在给母亲洗漱收拾，做手术前的准备，我强忍着泪水，调整好状态，满脸笑意地走进了病房，母亲满脸惊愕地看着我，以为自己眼睛花了，眨眨眼睛又看了下还是不敢相信，问父亲，莹莹来了？你和她说了？父亲当时也呆住了，还是妹妹哭着说，姐，你可来了，大家才缓过神来，我拍了拍妹妹，笑着说："妈，你不是说想我了吗，那我就来了呗。"那一刻，母亲哭了，哭得像个小孩，我想那刻的泪水，有开心有难过，五味杂陈吧。

陪着母亲说说话，安抚安抚她，找医生问清楚了母亲的病情，当我从医生那里确认母亲的病情后，我整个人都僵硬了，医生安抚我说："目前最好的方案就是切除肿瘤，以防癌细胞扩散。"我无论如何都无法接受，一直在问有没有更好的办法，父亲过来说："化疗只会让母亲更痛苦，后期还会有扩散的风险，母亲也是同意切除的，手术8点钟就开始了，我们是第一台。"我没有再反对，默默地去了趟洗手间，眼泪像决堤的黄河，再也忍不住了。那一刻，我觉得我要失去她了，哭了好一会儿，看看时间，离母亲手术开始的时间不到半小时，为了不让她看到，担忧心疼，迅速地洗干净满脸的泪痕，调整好状态，我再次走进了病房。这时护士准备用手术专用车推着母亲去手术室。我说："妈，我们走上去吧，不躺了，你又没啥事，几步路，走过去就好。"就这样，我们都陪着她往手术室走，短短的几步路，异常地沉重，怕极了，怕手术的风险，怕活检后有转移，更怕术中的意外……母亲的脸上看起来却异常的平静，紧握着我的手，也是异常的用力，我想，母亲在那个时候更多的不是害怕而是担忧吧，对一切未知的担忧及对我们的担忧。

　　一切准备就绪，手术室的门缓缓地关上了，想象着母亲一个人躺在那张冰冷的床上，面对着一切，我揪心无比，异常心痛。往事一幕幕地像电影回放在脑海里：想到了外婆和我说过的母亲的种种不易和无奈；想到了每每母亲去外婆家，走的时候总是眼睛红红的样子；想到了只要我回家，饭桌上总有我喜欢吃的饭菜；想到了那年冬天就因为我说想吃油炸的小鱼，那么冷的天，母亲让父亲买来，一条条收拾干净，那么小，那么难弄，她不厌其烦地收拾了前前后后近 4 个小时，手冻得红红的、冰冰凉，原本就有颈椎病的她，因为近 4 个小时一直保持着低头的一个状态，而疼痛得受不了却毫无怨言的样子；想到了，全家就我一个人爱吃韭菜鸡蛋馅的饺子，她依旧不嫌麻烦地处理韭菜，一根根，挑得那么精细，也要给我包韭菜馅饺子吃，然后再给他们做其他馅的饺子；还想到了，就因为我爱吃红薯，哪怕种起来很麻烦，每年的秋天，总有那么一小块地，种着她精挑细选出来的红薯苗子，然后精心呵护、除草、打药，等着开花结果，再把最好的留给我，自己吃那些不好的，若我中秋没回去，就想尽一切办法，挖地窖放进去，放到我过年回家，哪怕放坏了，自己也舍不得吃；还想到了好多好多我曾经都不以为意，甚至都不在乎的细节；更想到了当年因为不想让我远离家乡，我们争执起来的样子。

我的母亲啊，我真的错了，等您好起来，我一定会好好地和您道歉，弥补我曾经带给您的伤痛；等您好起来，我一定好好地抱抱您，和您说，我爱您；等您好起来，我一定经常回家，陪陪您，吃吃您做的家常菜，听听您的唠叨；等您好起来，我一定会……

心里无限地后悔，眼泪无声地落下，一滴一滴浸湿了衣领，一直以来都觉得从我被外公外婆接走的那天开始，您就再也没有爱过我，管过我，照顾过我。如今回头才发现，曾经的自己做得有多错，有多离谱，又有多伤您的心，原来，爱，一直都在。

拓展阅读：第 008 个心锁——拒绝长大

多子女家庭中的老幺，或者家里体弱多病的孩子特别容易有这个"拒绝长大"的心锁。他们从小被关爱包围，被父母宠爱，被哥哥姐姐关爱。因为年龄小或者身体弱，常常被优待。父母会对哥哥姐姐们说："弟弟妹妹小，你们让着点！"或者"弟弟妹妹身体不好，你们让着点！"一方面，家庭成员们非常享受这类孩子需要他们、依赖他们的感觉，这种被需要的感觉让他们觉得自己的生命很有价值。另一方面，当这些家庭的老幺或者体弱多病的孩子每次想要独立去完成一件事的时候，想要脱离父母的"掌控"去自己作决定时，就会被否定，被干涉。但是如果他们选择依赖、顺从反而会获得父母的肯定和认同。

这些父母的价值感来源于对孩子无条件的付出，而当孩子长大，不再需要这么多的付出时，他们会有强烈的恐惧感，觉得自己不被需要，多年建立的价值感也会随着孩子的成长一点点瓦解。从小被这样的爱包围的孩子，长大后为人处世会有以下两种呈现方式：

第一种孩子会比较依赖父母，依赖身边的人，比较优柔寡断。遇到问题时，很容易选择逃避退缩，害怕承担责任，害怕面对问题。

第二种孩子会因他内在的反抗力量凸显，渴望承担更多的责任，希望突破那个"拒绝长大"的心锁。于是他们会选择什么事情都往自己身上揽，希望内在的那个"小孩"快点长大。有时又因为很讨厌自己内在优柔寡断的部分，为了表现出"我可以""我能行"的状态，往往在作决定或作决策时，变得很冲动、很草率。

●心锁笔记

关于"拒绝长大"这个心锁，我邀请您写下在自己的成长过程中，关于这个心锁的笔记。

在您即将写下属于自己的心锁笔记时，我再次邀请您像第一次写下心锁笔记的流程那样，独自认真地先做一个静心练习，这样会让您的笔记更加清晰和真切（注：静心练习请参看第一个故事后的指导步骤）。

做完这个静心练习后，请您再次打开书本，用心写下自己的觉察笔记：

1. 阅读完这个故事，并了解了"拒绝长大"这个内在成长的心锁后，我觉察到的是：

_____

_____

_____

2. 我拥有——（感受自我内在的丰盛、身体的丰盛、关系的丰盛、环境的丰盛）

_____

_____

_____

今天我学到
这世界是
只关于自己的一件事，
这就是成功的一天。

第九个节气：立夏

睡　莲

作者/王凤莲

　　期末考试的前一周，我接儿子放学，他见到我的第一句话就是明天班级竞选荣誉之星。我满心期待地问道："那你想竞选什么之星？"儿子耷拉着脑袋，就如同家里养了几天的睡莲那般，花瓣一直紧紧关闭着。我精心地给它换水，修剪，和它说话，满心期盼着它早点开花，绽放出最美的姿态，可睡莲却一直睡着，从未有开的迹象。

　　"我没有报名。"他弱弱地回答。我惊讶地看着他："为什么？你为什么不报名呢？"要知道以前他一直都是两条杠，荣誉之星年年有。他看到我的表情后有点生气地说："不想参加就是不想参加，没有为什么。"听到他说话的语调，我的火气一下子蹿到嗓子眼儿："都说不想当将军的兵不是好兵——"儿子没等我说完就反驳道："我就是不想当将军!"说完就把自己一个人锁在房间里，空气在凝结——我们陷在各自的坏情绪当中，我开始了在门外长达几分钟的说教，越说越大声："你知不知道当班干部，选上荣誉之星将来在你升学的时候有多么重要!光成绩好是不够的，没有这些荣誉，小升初怎么办?上学期你弃选班干部，这学期你又弃选荣誉之星，你为什么不再那么积极向上?!"我不知道自己说了多少，只想把自己的情绪垃圾全部倒出。

"你不是说会尊重我的选择吗?"门内传来他呐喊的声音，我心里一震!是啊，我是说过尊重他的决定，只要他的选择不违法，我都会支持，不论什么时候。可是当现实与我的心愿不一致时，我发现自己确实没有做到。

不久前和班主任沟通，老师说上学期他被同学投票评为"科技之星"。所有的荣誉之星都要拿照片贴在班级门口的墙面上，唯独他催了几次都没有拿过来。我又一次震住了，他从来没和我说起过这件事。我问他，他说自己忘了。母子连心，我知道他只是敷衍，一定有别的原因。幼儿园的时候，他每天回来叨叨个不停，就像一只小麻雀，他的快乐、悲伤、不解都——和我分享，从什么时候开始他变得沉默了？我陷入了沉思。突然发现我已经很久很久没有和儿子好好地交流沟通了。以前的每一个晚上，我们一起阅读，一起谈心，一起讲着一天内发生的无聊事情，讲着讲着就睡着了。自从上了小学，每天奔波于各个培训机构，聊得最多的就是作业、考试。我们都在各自的世界里忙碌着，根本没有多余的心思去走进彼此的内心。

我希望我们之间没有隔阂，我们的爱是平等自由的。一直说尊重他的决定，可每次报班的时候，我到底有没有真正尊重过他的选择呢？每一次我总试图用自己的观点来说服他，试图用现实来促进他更加积极努力奋进。但成人的恒定标准，什么时候变成要让孩子来理解和承受？我们试着把这一切强加给孩子，让他理解你的苦心，让他理解这一切都是为了他好。但这一切就真的是为他好吗？这种选择就真的是他的选择吗？小至班干部、荣誉之星，大至中高考，乃至填报志愿、工作选择、婚姻嫁娶，甚至生儿育女，我们都力争让孩子达到我们所期盼的标准。可我们真正走进孩子的内心了吗？此时此刻的他，到底在想些什么，要的又是什么？如果为了达我们所愿，他忍让、委屈，最后伤害的不正是他自己吗？尊重不是一句场面话，所谓尊重并不是把你的意愿强加给他，拼命地给他讲解洗脑，然后让他来顺从你的决定。我觉察到自己的错误，后悔没有倾听他的心声。

睡莲也半开未开着了，似乎也能散发出点点清香，那是秆茎的香气。

我不再唠叨，时间似乎静止般。慢慢地，门开了。儿子走了出来，他张开双臂抱住了我："妈妈，对不起！我让你失望了，没有参加竞选。"

一阵微风袭来，睡莲的香气沁入心底，我的心一下子融化了，变得柔软起来。我搂着他，亲亲他的额头，对他说："宝贝，妈妈错了。妈妈没有理解和尊重你。我们来聊聊天吧，很久没有和你聊天了。"此前像两只倔强公牛的我们，一下子就变成了温和的奶牛。他说自己现在只想做个普通学生。其实我知道，他从小到大都是个力争上游的孩子，一定是遇到了什么事情让他做出了这样的选择。因为有了身体的抚摸，爱的流动，他慢慢向我敞开了心扉。原来他没拿照片，是担心他的好朋友们疏远他，因为几个小伙伴科技能力都很好，还一起获得过团队奖，可最后只有他一个人得了科技之星，所以他不想拿照片。因此，这一次他也不想竞选荣誉之星，他想让更多的同学来争取。原来是这样，作为妈妈我没有真正走进孩子的内心，了解他的真实想法，就把现实的一些世俗观念强加给孩子，让他来理解和认同我，总是以家长的权威，来强行灌输给孩子。这难道就是我所说的尊重他？

他再次抱住了我，眼里噙着泪水："妈妈，我想明年再参加。"

此刻我的心再也绷不住了："宝贝，你是妈妈心里最棒的孩子，你就是妈妈心中最闪亮的星星。如果你明年想参加，妈妈也一样尊重你的决定。"儿子因为爱妈妈，希望达到我所希望的样子，殊不知他为了完成我的心愿，却将自己处于一个不愿之地。如今他长大了，有了自己的思考能力，有了自己的判断，可以自己做选择，他真正做到了顺从自己的内心。这不正是我一直追求的吗？我从心底尊重他的决定。

在我心中一直都不开放的睡莲，却发现此刻它在悄悄绽放，它一定是得到了足够的尊重和无条件的爱吧……

拓展阅读：第009个心锁——言行不一

都说父母是原件，家庭是复印机，孩子是复印件。如果父母言行一致，就会养育出言行一致的孩子，而如果父母有双重标准，说一套做一套，那么孩子也会表现出言行不一的状态。

比如：父母常常告诉孩子做人要诚实，结果自己却经常说谎。父母常常对孩子说："做人要厚道一点，千万不可以在背后讲别人的是非。"结果他们自己却常常在背地里说别人的闲话。父母教孩子不要闯红灯要遵守交通规则，自己却带头闯红灯……久而久之，这样的教育会造成孩子心中极大的困惑和对标准的质疑。

这个"言行不一"的心锁对我们人格的影响是：我们也会效仿父母，成为一个言行不一、表里不一的人。我们说出来的话往往会跟我们的内在标准不一致。如果我们在小时候经常接受到父母言行不一的影响，长大后我们经常会在还不是很清楚自己内心真正的需求和状况时，对别人提出的要求轻易地许下承诺或做出回应，之后又因为自己无法如期将别人委任的事情做好而感到内疚不已。有些人会在事情已经发生变化时，仍不懂得变通，往往会在自己吃亏上当之后，又再度陷入"人是不可信任"的怀疑里。

●心锁笔记

关于"言行不一"这个心锁，我邀请您写下在自己的成长过程中，关于这个心锁的笔记。

在您即将写下属于自己的心锁笔记时，我再次邀请您像第一次写下心锁笔记的流程那样，独自认真地先做一个静心练习，这样会让您的笔记更加清晰和真切（注：静心练习请参看第一个故事后的指导步骤）。

做完这个静心练习后，请您再次打开书本，用心写下自己的觉察笔记：

1. 阅读完这个故事，并了解了"言行不一"这个内在成长的心锁后，我觉察到的是：

_____

_____

_____

2. 我拥有——（感受自我内在的丰盛、身体的丰盛、关系的丰盛、环境的丰盛）

_____

_____

_____

今天我明白：
所有追逐的外在一切，
都无法代表真正的自己，
这就是成功的一天。

第十个节气：小满

为什么要对"正确"如此执着？

作者/袁璐

这真是最好的时代，学什么都能找到充足的资源。像女儿这么大年龄的幼儿园小班孩子，随口一问，班里的孩子们几乎无一例外都有课外学习。有的甚至上六七门的课外班。不但在外面补习，爸妈在家还自己教授。

焦虑是个传染病，就像剧场里没有规划的坐席，开始我们会为没有位置担心，后来为不是最佳体验担忧，再接着为前排陆陆续续站起来而挡住视线而焦躁。在女儿刚步入"幼儿园"这个人生剧场时，第一个抑制不住跟着站起来的是女儿的外婆。

某天下班回来，发现外婆在家开始自发辅导女儿——认字。要知道，在不久前外婆才表示过自己的普通话不标准，起居生活可以负责，教孩子的事她管不了。不过当我看到背影的那一刻，必须得承认自己的感动，感动于我的老母亲还有佘太君临危挂帅的勇气，更是为小家伙对于坐在桌子前学习知识这样一个里程碑式的行为感慨不已……可是没多久，画风就变了。

"这个字怎么又错了？再想想。"

"还是不对，再想想……"

小家伙一连好几次，都不能回答正确，于是就开始抠抠手，抠抠脚，磨磨叽叽进入平行时空，所有的音节字符，故作严厉也好，假装温和也罢，好像都被她耳朵一一弹了出来摔了一地。越是这样外婆越觉得挫败，几个回合后，整个房间的空气变得灼热，在一旁的我像是连锁反应一般各种坐立不安，那种儿时熟悉的窒息感扑面而来——爆发！

历史惊人的相似，时空仿佛穿梭回到30多年前，坐在小桌子前抓耳挠腮的不是女儿，而是我自己。我的妈妈正在用我们彼此都非常熟悉的方式辅导我的女儿，激烈、烦躁。我以"吃饭前要洗手"为由，打断了这个场景的继续。女儿瞬间如释重负，奔向饭桌，书本就像是一件被小主人厌弃的玩具，躺在一旁，任由书页被风扇吹来的风胡乱地卷动。

认字这事，随着我非常主动地承接和三天打鱼两天晒网难以为继着。也未见得自己有多么高明的技巧，女儿在配合程度上也未曾显示出什么积极主动的改进。与此同时，跟很多家长一样，作为在人生焦虑剧场第二个站起来的我，给女儿报的第一个课外班是绘画。

去试课那天，我提前跟她讲了我们今天的任务：去一个画画的地方玩。那天给她穿得很漂亮，还涂了美美的儿童指甲油。她有点怯生生的，她在一个陌生环境中总是怯生生的，这是我的判断，有根据但也武断。她躲在我身后，抱着我大腿，像在汪洋大海中怀抱一根救生木，不肯放手。情况有些胶着。这时候，老师突然蹲下来，"呀！你也涂了指甲油？你看我也有噢！"顺势伸出双手。

这时候，小家伙流露出羡慕亲近的表情："你知道非洲吗？那里的人也涂指甲油的，要不要跟老师去看看？"

此刻，我在女儿眼里看到一束光，她望了望我，然后回头跟老师点了点头。

试课的内容通过了解非洲的动物和植物，完成一幅跟非洲人有关的绘画，我扒着门缝全程观摩了这节课。

试课全程，对于老师的问题，女儿并没有给予多么积极的回应，所有的问题都像穿梭在房间里的空气，她都懒得搭理，仿佛先知一样，觉得正确答案早晚会找上门来，只需安静等待，任凭问题飘来飘去。

直到老师开始在画板上演示落笔的位置，她开始着急了。

老师将画笔第一笔落在画框的左上角边缘处问："我可以画这里吗？"

她拼命地摇头。

然后，老师又将画笔落在右下角："画这里可以吗？"

她一边摇着头一边冲了上去，拿着画笔直接开始画画……

我惊讶地看到女儿对笔画在"正确"的位置有着多么强烈的执念。回来的路上我问她：

"刚才我看到老师画画从左边开始，你觉得可以吗？"

"不可以。"

"为什么呢？"

"应该从中间画呀。"

"那中间你准备画什么？"

"画非洲人啊！"

"噢！非洲人你准备画中间，那猴面包树呢？"

"猴面包树画边上。"

"边上是不是刚才老师要画的位置？"

"是的，但是我想先画人。"

"老师可能是想先画猴面包树，她想从旁边开始，你觉得可以吗？"

女儿没有说话，隔了许久，她说："但是，画错了怎么办？"

"如果画错了，我们可以一起想办法，对不对？"

她略有所思，点了点头。

我也不知道这次对话对小小年纪的她有怎样的启示。直到几次课后，最近一次去绘画班接她，她成了那个最喜欢举手做课后总结演讲的小朋友，她当着所有小朋友和小朋友家长，介绍自己的想法，颜色搭配、作品故事。

回来的路上，我又问她："你觉得你们班，谁画得最好？"

"大家都好。"

"如果硬要选一个呢？"

"当然是我啦！因为我就算画错了，也不怕，我可以想办法改，还可以重画。"

我又在她古灵精怪的眼神里看到了一束光，伴随着这个城市的华灯初上，星星点点通向远方。其实，在我自己的成长经历里，有很长的一段时间，也挺怕错的，怕有些失误会付出无法修正的代价。当面临抉择的时候，举棋不定，战战兢兢，觉得"正确"显然是不必付出太大代价的捷径。

但在教会女儿与"正确"这个执念相处时，我反而释然了。

我希望她最终长成为对所有的不如意，勇敢接纳，具备从错误中习得本领的能力，能在对与错之间，找到得失意义的勇者。而不是被一味地去讨好"正确"所支配，从而失去体验百味人生能力的懦夫。

拓展阅读：第010个心锁——要更努力

你身边会有这样的人吗？个人非常努力，做事业特拼命。有时候即便倒在病床上，都不放弃自己手头上的工作，仍旧要继续干下去。明明已经做得很好了，还要求自己再好一点，再努力一点，他们会给自己很大的压力。我们会欣赏他们这种不停奔跑的强大的内驱力，也会心疼他们这种不断自我施压的残忍。再去看看他们身边，一定有要求完美、成就导向型的父母。这样的父母不会否定孩子的努力，但他们的完美主义倾向会要求孩子"你可以再好一点"。

这种长期互动的结果使得孩子长大后总会觉得自己还不够优秀，必须更加努力，他们会不断地通过外在的认可来建立自我认同和自身成就感，他们会不断地挑战一个又一个新的高度。一旦停下来，内心那个"要更努力"的心锁就会跳出来，形成一股强大的驱力，不断鞭策他们再去寻找下一个需要努力和挑战的目标。

这个"要更努力"的心锁使我们无法好好地享受生命里每一个片刻与过程，每当达成了一个目标或是完成一件事情时，很难让自己停下来，还没等充分去享受那种完成事情的成就感与自我满足感，就需要立马开启下一段征程。在完成一件事情的时候，只有刹那的喜悦，喜悦过后会马上为自己定下一个新的目标，驱策自己继续前进、继续努力。

于是，整个人生都是为了下一个片刻而计划和努力，无法好好去体验每一个当下的生命品质。这就好比有的人去登山，他们非常努力地到达山巅，克服千辛万苦抵达时，却不懂得静下心来享受万峦皆在足下的充实感，而是立刻计划着征服下一座高山。

问问自己，你有多久没静下来感受生活的美好了？每一个阳光清晨，早上起床的时候，总是那么地急躁，还来不及感受刚买的蜜桃味牙膏触碰到牙齿的甜美与芬芳，就立马拿起手机开始安排工作。囫囵吞枣地吃完早餐，就开始往脑袋里塞满各种议程，仿佛只有这样才是充实和圆满的一天。这样的你很容易错过沿途美丽的风景，忽略生活中每一天的美好。

想想看，你是不是也这样生活着，用整个生命去换取一个一直在奔跑的未来，为了一个又一个目标的达成，而错失了生活中许多美丽与值得驻足的片刻。

●心锁笔记

关于"要更努力"这个心锁，我邀请您写下在自己的成长过程中，关于这个心锁的笔记。

在您即将写下属于自己的心锁笔记时，我再次邀请您像第一次写下心锁笔记的流程那样，独自认真地先做一个静心练习，这样会让您的笔记更加清晰和真切（注：静心练习请参看第一个故事后的指导步骤）。

做完这个静心练习后，请您再次打开书本，用心写下自己的觉察笔记：

1. 阅读完这个故事，并了解了"要更努力"这个内在成长的心锁后，我觉察到的是：

_____

_____

_____

2. 我拥有——（感受自我内在的丰盛、身体的丰盛、关系的丰盛、环境的丰盛）

_____

_____

_____

今天我在积极思考中，
看清了自己
过去习惯的人生模式，
这就是成功的一天。

第十一个节气：芒种

勤劳与善良

作者/瑞丽

　　一个阳光炙热的下午，我和妈妈在地里摘红花。7月的太阳像火炉一样在我的头顶烤着，我分明能闻到头发被灼焦的味道，豆大的汗珠像欢乐的孩子在滑滑梯，一遍遍从额头滑过脸颊，流进脖子，汇入胸前湿透的衣襟处，一股股燥热瞬间渗透我心里，煮沸了我的无奈、痛苦和委屈，我再也忍不住了，抽泣起来，眼泪混着汗水和鼻涕，滴答滴答流到地上，和进干裂的泥土里，又瞬间被蒸发，就像我此刻的情绪，一阵阵来，又一次次被眼下的劳作淹没掉……

在不远处的妈妈闻声赶来，诧异地问我："丫头，你咋了？哭啥？是不是累了？"我哽咽着说："为什么每年的暑假都是这样？一放假就得跟着你和爸爸下地来干活，晚上回家还要做那么多暑假作业，一点玩的时间都没有……"

妈妈笑了，说："咱们是农民啊，咱们只有把庄家种好了，有个好收成，等你们开学了才有钱交学费，买作业本，你们趁着暑假，努力多干活，多摘些红花毛卖，有多余的钱，还能给你们买个新书包……"

我不屑地打断妈妈："我不想要新书包，我只想快点长大，长大了绝对不像你们这样在这里修地球，面朝黄土背朝天干苦活，我长大了，绝对不当农民！"

妈妈瞬间收住了笑容，极为严肃地问："农民咋不好了？没有农民种粮食，中国咋养活那么多人，咋解决吃饭问题，你们课本里不是还有夸奖农民伯伯的课文吗？"

我嘟嚷着说："课本上都是骗人的，写课文的人又不是农民……"

妈妈一下子又哈哈大笑起来，问我："那如果你长大了，当了作家，你会咋写农民呢？是写农民的好还是不好呢？"

我陷入思考，却不知道答案……

写农民好？想想看，也确实蛮好的，就像我的爸妈，他们是农民，看他们照顾地里的庄稼就像对待我们几个孩子一样，啥时该浇水了，啥时该施肥了，啥时该除草了……他们都很清楚，很准时地照料着。我一度觉得我爸是个预言家，今年庄稼收成好不好，不用等到秋收，在庄稼还是幼苗时，从他每次去地里浇水回来跟邻居叔叔们聊天的内容中，就能知道他在判断今年的收成是好是坏，而且到秋天时都如他预言的一样。当然，他预言庄稼好时，我们几个孩子就会非常期待秋天的到来；当他预言庄稼不好时，我们自然对秋天充满了恐慌和抗拒。

我也一度觉得我妈妈是个厨神，地里的庄稼，她总能在不同的阶段做出各种好吃的花样给我们。比如油菜长苗时，她会用油菜苗拌凉菜，下面条，清脆可口；开花时，她会在油菜地里养些蜜蜂，我们就能吃到香甜的蜂蜜了；油菜结籽时，她又用籽榨油给我们炸油香、油条吃，每次做了些好吃的，妈妈都会让我们给邻居们端一碗过去，还让我们把父母不在家的同学带到家里来吃饭……

每次看到父母在田埂上蹲着看庄稼时的样子，我都替那些幼苗感到幸福，父母的眼神充满了温暖和期待，就像每天早上我们出发去上学时，他们目送我们的表情一样，有时我甚至觉得爸妈爱庄稼胜过爱我们，他们待在地里干活的时间远远超过陪伴我们的时间，很多个太阳落山的黄昏，我们坐在院子门口盼望着爸妈快点从地里回来，等他们回来时，爸妈最爱讲的就是地里的庄稼长多高了，麦子已经开始抽穗了……看着他们那欣慰的神情，我会觉得其实农民挺好的。

写农民不好？罗列一下，确实有很多的不好，班里有些骄横的同学，他们的父母有的是在政府上班的，有的是做生意的，这些同学总是笑话我们，笑我们土，叫我们土老帽儿。可不是吗，每次开家长会，光看看那些笑话我们的同学的父母的穿衣和神态就有天壤之别，他们的父母个个都是光鲜靓丽，再看看我们的父母，都是土里土气，脸上还带着灰尘和疲惫；再听听人家父母在老师面前说话多好听，老师对他们也很客气，而我们的父母，在老师跟前却像个小孩子一样怯怯懦懦，小心翼翼地讲话，在我的认知中，好像农民就是穷、土、苦、老实巴交。

我把我的思考告诉了妈妈，妈妈沉默了一会儿，微笑着，说："无论农民好还是不好，你未来做不做农民，你都能记住啥？"

我认真地想了想说："勤奋和善良。"

是啊，人们常说"好人一生平安"。好人的好，到底好在哪里？我回看母亲这一生，在无数次岁月坎坷与大地风雨中总能安然地度过，除了自身拥有农民祖祖辈辈传承下来吃苦耐劳的坚韧品格，更重要的怕就是这4个字了：勤奋善良。

拓展阅读：第 011 个心锁——逃离思考

每个人都是天生的好奇宝宝，我们天生带着对世界的好奇来到人世间，去探索我们的认知盲区。我们的用心思考和认真探索会衍生出很多个"为什么？""是什么？""怎么变成这样的？"等等诸如此类的问题，而当这些问题一次又一次地得不到父母给予的鼓励和回应时，我们就会渐渐陷入"逃离思考"的焦虑中。

渐渐地，那些理应如此的应该，那些"不要问为什么，就是这样的"的答复，那些没有经过我们思考直接被告知的答案会封印我们的创造力和想象力，让我们的思维变得懒惰甚至逃避深度思考。

当我们长大之后，一旦遇到那些要去动脑筋思考的问题，遇到那些需要通过思考才能制订出的较为周密的计划时，我们下意识的反应是心生抗拒，选择逃避，不要思考。

在我走上讲台的这几年里，我清清楚楚地看到许多来上课的学员身上就有这个"逃离思考"的焦虑。在我的课堂里，每当我提出问题想要得知他们心中真正的想法和意见时，他们总是连想都不想地就告诉我说："我不知道啊！"接着他们的脸上就会露出一副渴望我给他们答案的殷切表情。事实上，一个真正对我们有帮助的老师不会直接告诉我们该怎么办，他会很有耐心地帮助我们觉察、引导我们求得智慧，让我们真正懂得如何从痛苦和困顿中走出来去找寻到那个答案。所以，如果在我们的成长过程中，遇到了凡事都好为人师的老师，请赶快逃开。

●心锁笔记

关于"逃离思考"这个心锁，我邀请您写下在自己的成长过程中，关于这个心锁的笔记。

在您即将写下属于自己的心锁笔记时，我再次邀请您像第一次写下心锁笔记的流程那样，独自认真地先做一个静心练习，这样会让您的笔记更加清晰和真切（注：静心练习请参看第一个故事后的指导步骤）。

做完这个静心练习后，请您再次打开书本，用心写下自己的觉察笔记：

1. 阅读完这个故事，并了解了"逃离思考"这个内在成长的心锁后，我觉察到的是：

_____

_____

_____

2. 我拥有——（感受自我内在的丰盛、身体的丰盛、关系的丰盛、环境的丰盛）

_____

_____

_____

今天我体验呼吸的平静，
并感受到了宁静的力量，
这就是成功的一天。

第十二个节气：夏至

我们一起慢慢长大

作者/崔宝艳

　　一天上午，在社区学校游泳馆，年龄小的小朋友，老师和家长带着玩，大一点的自己游泳，听到的都是在水里欢快玩耍的声音。然而，只有女儿和我，在游泳池刚进门不远处，半步也不肯继续向前走。

　　"跟我们一起到游泳池玩吧？"一个热心的阿姨问。女儿半低着脑袋摇摇头，还往后退了两步。我急忙用经常用的标签解释说："她胆子小，怕水。"想想女儿比其他很多小朋友都大一点，我又解释说："她是超早产儿，接受新事物慢一点。"

游泳馆不同于水上乐园，露台上几乎没有小朋友，我不想逼迫她进游泳池玩，但和其他人相比，我和女儿显得那么另类，非常尴尬，如果不是约了物理治疗老师，我真想直接把女儿带回家。

让女儿学习游泳，是困扰我很久的事情，因为她是在 27 周就迫不及待来到这个世界的早产儿，学习游泳对她的各项发展都有帮助，而且家里也有游泳池，为此，我给她买了不同的游泳圈、项圈，甚至是充气水上乐园设备也置办了。可是，每次准备半个多小时，她进水里不超过 5 分钟就吵着要出来。我只能按她的意愿，停下来，洗澡、换衣服、回房间。每次这样的尝试做下来，不仅仅是体力和时间的消耗，更是心累。多次尝试后，她甚至连穿泳衣都拒绝，我给她加了一个"胆子小""怕水"的标签，为了避免别人异样的眼光，也很少带她去社区游泳馆。

"早上好！"女儿的物理治疗老师来了。这位老师从女儿出生就帮她做各种体能训练，对她特别了解，看到我们站在露台上，就全明白了，她并没有跟其他人一样问要不要去游泳池，而是拿了一个比澡盆更大的圆盆，放在露台，说："我们就在这儿玩好不好？"女儿使劲地点点头。

老师在盆里装了一些水，女儿蹲下来，用手拨动水面出现涟漪，又捡起一个塑料球放进去。"我们去那边选一些玩具过来玩吧？"老师指着游泳池的方向。游泳池边上有很多漂浮玩具，我牵着女儿的手，慢慢走过去，我能看到她眼里对游泳池的那一丝恐惧，仿佛游泳池是一个巨大的猛兽，一定要离得远一点。最后，女儿抱着个黄色的塑料鸭子高兴地走回露台，我跟老师也帮她选了一些其他水上玩具。

我们用花洒往鸭子身上淋水洗澡，老师还故意用水枪把鸭子冲到盆子的另一边，女儿就去把鸭子捉回来，后面，她干脆坐到盆子里保护鸭子，就这样，女儿在露台玩了一个多小时。参与到女儿的游戏中，沉浸在孩子最天真的快乐里，不去在意其他人的眼光，不去跟别的小朋友比较，我不再觉得尴尬，孩子们的欢笑声、嬉闹声、跳水声交织在一起，是我听过最美的音乐。

不知不觉已经快到中午，其他小朋友也陆续离开了，老师说："这个盆太小了，鸭子玩得不自由，老师带它去泳池玩一会儿吧？我们三个一起保护它。"女儿犹豫了一下。老师立刻说："你跟妈妈不用下水，在游泳池边坐着就行。"女儿同意了。

我跟女儿坐在台阶上，老师在水里游了几个回合，水波推动鸭子也在里面游动着。这时，老师又多放进来几只鸭子，故意用力击水地游了一段，鸭子向泳池各个方向漂去。"很多鸭子迷路了，来跟我一起找回它们吧？"老师说。"我们去帮忙吧？"我对女儿说。老师走到台阶这里，牵着女儿的两只小手，说："没关系，我来保护你，你来保护鸭子。"女儿竟然同意了。

老师没有用游泳圈和项圈，就只是用手抱紧女儿上半身，让她有充足的安全感，她胳膊和腿随意在水里游动着。找到一只鸭子，女儿两只手抱着。"这么快就找回一只鸭子呀，真是一个勇敢的小英雄。"此刻，已经看不到女儿对泳池的恐惧，满满的都是自信和满足。

老师一边带着女儿找鸭子，一边变换各种姿势，偶尔让她两只胳膊扒在漂浮的棍子上，搂住她的腰部向前游。老师唱着青蛙跳水的儿歌，让女儿尝试了几次跳下水面再上来，虽然也喝了几口水，但是她并没有害怕，反而很享受这次泳池体验。后面我跟老师换着带她，竟然在水里又玩了一个多小时。女儿第一次在游泳池玩这么久，我第一次听到她在游泳池里发出欢快的笑声。

原来女儿那么勇敢！我虽然以前每次尝试到游泳池玩，都准备半个小时，但是，我并没有给她足够的心理准备时间。相反，自以为是地给她贴上"胆小怕水"的标签。

因为女儿是早产儿，和同龄小朋友相比，各项发展都慢一点，为了避免尴尬，我很少带她去公众场所，这影响了她的自信，剥夺了她勇敢的机会，更不能激发她的潜能。

有限的人生，有多少人把心思花在了跟其他人比较上？小时候，比成绩；工作了，比业绩；结婚了，比家庭；有了孩子，比谁家孩子长得快……在比较中或者寻找满足，或者徒增自卑与尴尬，陷入这样悲惨的恶性循环，在乎别人的眼光，却忘记了自己，忘记停下脚步，欣赏一下蓝天白云，忘记享受每个过程的美好，忘记欣赏人生旅途中每一段错过就不再的快乐。

人，生而不同！每个人都是独一无二的存在，每个人生阶段都在谱写最美的乐章，不同孩子成长过程中，小到吃饭穿衣，大到各项能力发展，都需要不同的时间，不要轻易给孩子贴标签，不要跟其他人对比，让我们一起享受每一个过程，慢慢长大。

拓展阅读：第012个心锁——再快一点

你身边有这样的"快快先生"或者"快快女士"吗？或者你自己就是这样的人吗？他们吃饭的速度很快，讲话的语速很快，走路的速度很快，始终处于一种赶时间，很着急的状态。他们就像一个永不会停下的陀螺始终在旋转，或者是一辆一直在高速上奔跑的汽车，不会停下。有时候他们也想享受当下，让自己慢下来，去享受生活，可是这边刚说要享受岁月静好的安宁，那边又习惯性地拿起手机处理工作。

有一些内在焦虑，性格急躁的父母，会经常催促孩子"再快一点"。这边孩子才学会系鞋带，出门的时候就开始催他们快一点；孩子还在享受吃饭的乐趣，他们看见孩子碗里还有食物就会催促快一点；孩子写作业慢了一点，他们还是会催促"你能不能快一点！"时间久了，他们发现孩子这也做不好，那也做不好。后来，这些父母发现自己这个习惯对孩子影响很大，便开始试着不去催促他们。不过虽然父母们不再用言语去催促孩子，但是要他们"再快一点"的信念不发生改变，敏感的孩子们依然可以从父母们的眼神、讲话的速度、腔调、言行举止接收到"再快一点"的信念。

所以，要改变自己与孩子之间的关系，最好的办法是改变我们的内在生命品质，hold 住"再快一点"的念头，不急不急，慢下来。当我们让自己成为一个更好的爸爸或妈妈时，孩子就会因为我们的改变而成为一个更好的孩子。

●心锁笔记

关于"再快一点"这个心锁，我邀请您写下在自己的成长过程中，关于这个心锁的笔记。

在您即将写下属于自己的心锁笔记时，我再次邀请您像第一次写下心锁笔记的流程那样，独自认真地先做一个静心练习，这样会让您的笔记更加清晰和真切（注：静心练习请参看第一个故事后的指导步骤）。

做完这个静心练习后，请您再次打开书本，用心写下自己的觉察笔记：

1. 阅读完这个故事，并了解了"再快一点"这个内在成长的心锁后，我觉察到的是：

_____

_____

_____

2. 我拥有——（感受自我内在的丰盛、身体的丰盛、关系的丰盛、环境的丰盛）

_____

_____

_____

今天我感受到自己
就是这个世界独一无二、
无可替代的生命，
这就是成功的一天。

第十三个节气：小暑

温柔的小世界

作者/陆文婷

　　汽车穿过凌晨空空荡荡的马路，你在我怀里扭着小屁股好奇地朝向车窗外，睡眼惺忪地看着疾驰而过的路灯，没过一会儿工夫就眼皮垂落，打起了哈欠，前一会儿还在自己的小床上呼呼大睡，这会儿是要去哪里呢？

　　你8个多月的时候第一次发热，傍晚开始额头手脚一直发烫，夜里两点多温度高至39度。爸爸急坏了，立马决定要带你上医院，而我实在不忍心喊醒酣睡的你，夜间求医必定折腾。依我评估，你白天偶感风寒而发热，精神尚可，食欲佳，此刻正安睡，可在家护理观察，天亮后再定夺。无奈最终妥协于爸爸的忧心忡忡，便同意先去医院检查，好安大家的心。

一到医院我就开始后悔刚才的不够坚定，疫情期间的医院充斥着消毒水的味道，凌晨3点的候诊大厅人满为患，因为急诊没法网上预约挂号，现场取的号前面还有40多位在等待，跑去内科办公室一看，里头坐着两位20多岁的年轻医生，这些都令我隐隐担忧。

为了和嘈杂的候诊区保持安全距离，我和爸爸抱着你到处逛，你饶有兴趣地欣赏着走廊墙上的字画作品，我一幅幅地给你讲解，好像在参观夜间博物馆。尽头转弯又逛到了灯火通明的便利店，琳琅满目的货架让你目不暇接，转一圈玩累了我们就去安静空旷的门诊区找了一排休息椅，打个小盹。

果然排队3小时看病两分钟，快天亮才见到医生，简单问诊和检查后的结论也是：温度尚可，感风寒引起的发热，无其他不适，回家多喝水，继续观察温度和精神状况。小医生看爸爸实在着急，又补充配了个退烧药，叮嘱必要时再给孩子喂。我的心落了下来，早就听说这个月龄的宝贝会经常发热来锻炼和升级自己的免疫力，换句话说，也是好事。

天亮了，就医结束，你还满足地吃了一顿奶才回家，儿童医院之夜全程没有哭闹，验血也只是扑闪着长睫毛哼唧了一下。在你的小世界里，只是半夜跟爸爸妈妈去一个新的地方玩了一趟，不过大家都累了。

天黑出门天亮到家，我赶紧把你抱到床上睡下，体温在 38 度上下，阿姨（当时家里请了帮忙照看你的阿姨）建议要给你泡脚降温，爸爸也不确定地拿着退烧药想给你喂，我本能地不肯。此刻，我只想让你在结束了刚刚的夜间之旅后好好补一觉，让自身的免疫力恢复，妈妈相信你。

我不给吃退烧药，爸爸在客厅踱来踱去，终于绷不住了过来质问我："你上过医学院吗你不听医生的？""你才学了几天中医啊？""烧坏脑子怎么办？"神情焦灼，语无伦次。阿姨也帮腔搭调着，"妈妈你不担心吗？"

面对爸爸突如其来的情绪轰炸，我混沌的脑袋立刻清醒，像燃起了斗志的战士一样昂首挺胸，吸了一口气在心里跟自己说，我要稳住，要保持精神和体力，要保证奶水，要照顾好孩子。我知道爸爸那些不好听的话都是因为心疼你，心情跟着体温计的数字起起伏伏，承受不住后的情绪崩溃，大概是因为心里已无空间托底。而阿姨，也恰巧赶上了还有一天就要结束工作的节骨眼，她不想因为孩子发烧而让公司误以为她失职。我的决定不是因为我平日有在学传统医学，而是天性使然，让我笃定，此刻我只想让你好好补一觉，踏实睡觉。

　　每一对平凡的父母，都深爱着自己的孩子，只是，爱这个动词投射到每个人身上又有一番不同罢了，有因爱受困的慌张，也有因爱努力的美好。第一次当父母，我们都有很多不确定，但我确定的是，爱是流动的，且只有自己内在安定的时候，才经得起外界折腾，才能给得出爱，让爱流动。

　　剑拔弩张的那一刻，只要有一方没有被情绪吞没，架就吵不起来，宣战的那头只好偃旗息鼓。安顿好爸爸和阿姨去吃早饭，然后各自休息补觉，我继续进屋陪你。

　　一旦我稳住了，好像大家也松弛下来了，那种放松感就像涟漪一样晕成一个个更大的圈，平静的湖水终将抚平起伏的波浪，家里重归宁静。

　　妈妈陪在你身边，摸着你炽热的小手，看着你睡得像个小天使，轻轻对你说：

　　"妈妈知道你现在又困又累，也可能不舒服。妈妈想给你讲一个故事，你身上热热的是因为凉风跑到了你身体里，而你身体里的小战士们苏醒了，它们正在奋勇抵抗外敌入侵。妈妈相信你现在好好休息，等下就会有力气和它们一起赶走敌人。

　　"妈妈相信你会勇敢的，也希望你打赢这仗以后身体更棒。而不是一看到敌人就找救兵哦，如果一开始就求救，就像是蒙住了自己战士的眼睛，扼杀了它们奋勇杀敌的能力，也会破坏自身保护屏障的建立。

"还有啊，救兵赶到需要时间，进入身体后也可能会误伤我们自己的士兵。所以呀，妈妈想陪着你好好休息，等你恢复体力自己努力，好吗？"

你的耳朵和潜意识是有在听我的故事吗？是在回应我吗？或者是梦到了昨晚的医院奇妙之夜？我看见你在睡梦中咧嘴微笑，面颊的酒窝深邃迷人，瞬间，我的心被融化了，多么温柔的小世界啊！

看着你安睡中的小脸，我想到《美丽人生》中的犹太父亲，虽身在集中营，但为了保护儿子天真无邪的童心免受伤害，用自己的想象力告诉孩子他们正身处一个游戏当中，乐观幽默地解读了困苦的世界。外在世界只是内心的投射，我们的孩子对发热、医院才没有半点害怕呢，无非是大人们紧张兮兮。

从医院回来那一天，妈妈一刻不离地陪着你，看你酣睡和吃奶，看你顶着炽热的额头开心地玩乐，你嘴角挂着的笑容也渐渐让爸爸安下心来，时针转到了傍晚，你的体温已退至 37 度多，不错。入夜烧退，我儿勇敢。

孩子生病，与其目光灼灼地担忧，不如稳稳地陪护和鼓励，孩子免疫力的最好药物是鼓励，焦虑只会降低孩子的免疫力。相信孩子，多给孩子时间恢复，而不是让自己失控的情绪连累了无辛的孩子。生病更要心情愉快，好好活动和休息，气血通畅精神好，病自然好得快。很多人可能和我遭遇过相同的经历甚至更为激烈的冲突，他们为了相信孩子和保护孩子的自愈力，顶住外在所有压力，拒绝焦虑、慌张和抓狂，擦掉委屈的泪水，坚定地回应周遭的不理解，并且继续温柔地陪伴孩子，保护孩子纯真的小世界，尊重生命原本的力量。

《大医精诚》里有一句话：虽曰病宜速救，要须临事不惑。大概意思是虽说对于疾病应当迅速救治，但更为重要的是临证不惑乱。同样，孩子病了，家长首先要安心、静心。安住那颗着急的心，而不是着急给药。父母和孩子是心灵相通的，你是怎样的，孩子就是怎样的。

孩子，因为你，大人们的世界有机会变得更从容和温柔。是你，让我有机会看到生命的相互影响。

拓展阅读：第 013 个心锁——忽略重要

我相信每个孩子都是父母掌心里的宝，但是在我们的成长过程中，有些父母很少会表达我们对他们的重要性，很少让我们感觉到我们的存在对他们而言何其重要，于是"忽略重要"这个心锁就产生了。这个心锁进入我们的意识之后，我们感受不到自己对于父母的可贵与重要，感受不到我的存在是独一无二的使命感与重要性。

长大后，骨子里的自卑、渺小、微不足道会让我们否定自己的潜质与能力。我们畏惧去承担一些重要的角色和责任，我们害怕成为众人瞩目的焦点，我们质疑别人对我们的夸奖与赞美。

当我知道这个信念会对孩子所造成的影响是如此巨大时，在我和孩子的互动中，我会常常告诉孩子，你是老天爷赐给我最宝贵的礼物。因为有了他，我享受到一个母亲对子女负起责任时的那种满足感和成就感。在我人生每一个挫折与悲伤的时刻，他都会像天使一样，帮助我重振精神。我让他知道，他的到来对我来说有多么重要。因为我有"忽略重要"的心锁，他的到来，让我一点点地解开了这个心锁，让我看到了一个生命被赋予"我很重要"的信念后的自信与阳光，他也使我的生命变得更加地丰盛和完整。

●心锁笔记

关于"忽略重要"这个心锁，我邀请您写下在自己的成长过程中，关于这个心锁的笔记。

在您即将写下属于自己的心锁笔记时，我再次邀请您像第一次写下心锁笔记的流程那样，独自认真地先做一个静心练习，这样会让您的笔记更加清晰和真切（注：静心练习请参看第一个故事后的指导步骤）。

做完这个静心练习后，请您再次打开书本，用心写下自己的觉察笔记：

1. 阅读完这个故事，并了解了"忽略重要"这个内在成长的心锁后，我觉察到的是：

_____

_____

_____

2. 我拥有——（感受自我内在的丰盛、身体的丰盛、关系的丰盛、环境的丰盛）

_____

_____

_____

今天我从爱自己开始，

去爱身边

所有的人与事，

这就是成功的一天。

第十四个节气：大暑

单身水晶妈

作者/欣宝

我的儿子，毕业于北京地质大学的珠宝首饰设计鉴定专业，现在在南方一个城市经营水晶工厂。水晶是稀有矿物，宝石的一种，石英结晶体，在矿物学上属于石英族。很多人喜欢水晶是因为水晶通透、纯粹，相信水晶有灵性，能保平安，带来幸运。我喜欢水晶，是因为欣赏它的打磨过程，比如一个水晶球的诞生，须耗掉比它重量多出 4～6 倍的材料，而且在磨圆时，风险很大，往往容易崩裂而前功尽弃，所以水晶球打磨过程，无论从耗材度、加工难度及稀有程度，都是非常具有挑战的，但最终成型后呈现的那份坚硬柔韧、晶莹剔透，让人感受到清凉和赏心悦目。

这不禁让我联想到儿子的求学经历，未尝不是一条琢磨水晶之路呢？

2010 年，失败的婚姻让我成为一个单身妈妈，独自带着 13 岁的儿子来到北京。这是我们第一次走出村子来到大城市，北京巨大，我们俩举目无亲，只能彼此相依为命，但我们的内心是喜悦的，那是一种开启新生活的激动和兴奋。我结束了村子里小媳妇的生活，儿子也将开始展翅追寻他的大学梦。

我们租住在一间地下室，我一边打零工赚生活费，攒儿子的学费，一边想办法给儿子找学校。功夫不负有心人，当时的老板帮忙介绍我儿子去考通州实验中学，他很顺利地考上了高中。拿到通知单的那天，我和儿子开心得不得了，儿子用本书卷起来做话筒站在床上唱起《听海》，庆祝这个难忘时刻。虽然地下室的房间白天不开灯是昏暗的，但我分明看见了一束光从头顶的窗户照进来，照在儿子身上。儿子的脸庞我看得清清楚楚，憨笑的嘴角，熠熠生辉的眼睛，帅气的儿子，美好的生活，我陶醉在那个瞬间，那束光里。

儿子进入高中后，我们过得一直很顺利，他成绩一向不错，生活上几乎也不用我操心，周末和寒暑假，他还会去打零工赚些钱交给我，说跟我一起攒学费。我自己呢，也在不断变换着工作，先是干些花店批发的活儿，后来积累一些经验后，就找些收入更高的工作，对待每一份工作，我都非常认真，跟同事、老板的关系也处理得很好，大家都很喜欢我，喜欢我的热情、热心、善良。每天都能看到我哈哈傻笑，更佩服我工作时拼命的样子，说我日后一定能成大事。每次听到他们的夸奖，我心里都在说：是啊，改变命运，怎么能不拼命呢？儿子的学业，我们的幸福就是我拼命工作的动力，儿子是我的希望，只有这样才能离我们的梦想越来越近。

直到有一天，儿子的一个决定给我燃烧的热情浇了一盆冷水。上了高三的他，有一天回来突然跟我说不想继续上学了，要退学，直接找工作赚钱。我很诧异，问他为什么想这样做。我说："如果你现在辍学去挣钱，那我当年离开家是为了什么？我带你来到北京，就想着让你有个好环境考上大学，有个好出路，你现在不上学了，能做些什么？想回到村子里，春天播种，夏天拾掇庄稼，忙完秋收，冬天出去打个工。天儿冷了，没活儿干了，就跟村里的人一起打麻将，喝小酒啥的，打发日子，消磨时间？我在村子里一年年重复着这样的生活几十年了，不想再那样生活下去，更不愿意你的人生也是那样。你也说，你的梦想是上大学，学自己喜欢的专业，过更好的生活，现在到了最关键的时刻你却要放弃?！我们之前一切的努力都白费了……"

儿子也坚定地说着他的理由，他看到这几年我一个人带着他太难，太累了，我做任何事情都要比别人付出的多得多，即使考上大学，学费也不低，不想让我再继续那么辛苦和劳累，想及早去挣钱帮我分担……听到这些话，我气炸了，想想这几年我们的选择，我们的辛苦，我们的快乐，不都是为了让儿子上大学，做个有梦想、有事业的人，现在倒说些这样短见识的话。失望和恐慌让我全身的血管都在收缩，还有自己的那份强烈的自尊心，他还在继续说着些什么，但我不想听，只想堵住他的嘴，不由得一巴掌狠狠地扇到了儿子的脸上，大声嘶吼着："这学你必须上！"

挨了一巴掌的儿子，一个踉跄，后退了几步定住，摸着脸，显然在发蒙，我也意识到这一巴掌下手不轻，打完他的手在发麻发胀，这是儿子长这么大以来，我第一次动手打他。我也愣在那里，望着他被我打后，逐渐红肿的小脸，突然心疼得说不出话来，眼泪唰唰地流着，伸手想去抱儿子，但他捂着脸跑开了，夺门而出……

儿子跑出去后，我一个人在出租屋里哇哇地哭起来。几年来承受的自责、惊慌、孤独、恐惧、无助、委屈……各种情愫一涌而出。也不知过去多长时间了，儿子也没回来，我忽然害怕了，心慌慌的，怕儿子这一跑就不回来了怎么办？我赶紧起身，一边抹着不停掉下来的眼泪，跑出去找了一圈又一圈，没有找到儿子，能去哪儿呢？距离他特别好的同学家也很远，打了电话过去都说儿子没有跟他们联系。又是两个多小时过去啦，还是没有消息，我一个人失魂落魄，回到出租屋里，绝望地抽泣着，也祈祷着，给自己打气，我们娘儿俩一直都是相依为命，他肯定不会丢下我的，他肯定会回来的……

又是4个多小时后，我听见了轻轻的敲门声，是儿子回来了，我欣喜若狂地拉开门，将儿子一把紧紧地拥入怀中，两人相拥而泣。那一刻，我感受到孩子的肩膀是那么单薄，却很温暖，让我觉得很踏实。儿子说他跑出去后想了很多，他说："妈，我想明白了，只有我更有本事，才能挣到更多钱，才能让你过上更好的日子，我一定要考上一个好的大学，让自己长见识，有本事！"我很欣慰，依偎着他说："儿啊，妈现在最大的心愿就是你能出人头地，无论我们今天是什么样的状况，妈永远是你的依靠，对你所有的责任是我最开心的选择……"

这场风波过后，我们娘儿俩更加坚定，更加相信我们的努力，一定会有美好的未来！

后来儿子如愿考入珠宝首饰设计鉴定专业，毕业后开启了他的水晶生意。我也开创了自己的事业，我们的生活就如我们期待的那样，越来越美好，一路走来，我们依然遇到来自生活或者事业等方面的压力和挑战，但我和儿子始终甘之如饴，彼此支持，相互鼓励，笑对生活。

曾经听说过一个农民和驴子的故事。

一天，农民的驴子掉到了枯井里。那可怜的驴子在井里凄惨地叫了好几个钟头，农民在井口急得团团转，就是没办法把它救起来。最后，他断然认定：驴子已经老了，这口枯井也该填起来了，不值得花这么大的精力去救驴子。

农民把所有的邻居都请来帮他填井。大家抓起铁锹，开始往井里填土。驴子很快就意识到发生了什么事，起初，它只是在井里恐慌地大声喊叫。不一会儿，令大家都很不解的是，它居然安静下来。几锹土过后，农民终于忍不住朝井下看，眼前的情景让他惊呆了。每一铲砸到驴子背上的土，它都做了出人意料的处理：迅速地抖落下来，然后狠狠地用脚踩紧。就这样，没过多久，驴子竟把自己升到了井口。它纵身跳了出来，快步跑开了，在场的每一个人都惊诧不已。

其实，生活也是如此。各种各样的困难和挫折，会如尘土一般落到我们的头上，要想从这苦难的枯井里脱身逃出来，走向人生的成功与辉煌，办法只有一个，那就是：将它们统统都抖落在地，重重地踩在脚下。因为，生活中我们遇到的每一个困难、每一次失败，其实都是人生历程中的一块垫脚石。这么多年我最引以为荣的就是自己的那份强烈的意愿和坚持行动的状态！

祝愿每一位妈妈都像水晶一样，呈现七彩光芒，历经千磨万琢，依然璀璨夺目！

拓展阅读：第 014 个心锁——取悦他人

你的身边一定有这样一类人，他们无私奉献，他们会尽一切可能让周围的人高兴，他们愿意牺牲自己去满足别人的许多需求。他们的无微不至会让身边的人非常舒服，他们很多时候会无条件地"取悦他人"。

这个心锁形成的最主要原因是，原生家庭的父母在情感上比较匮乏，于是他们的孩子就承担起了这个情感空缺的补位。这样的情况在离婚、单亲、丧偶或者夫妻双方情感不和的家庭更为常见。

这类父母因为得不到另一半对自己的体贴和关心，他们会把重心转向孩子，希望孩子能给予他们情感上的慰藉与支持。

从小到大，他们的父母便经常对他们说，"我吃了这么多苦都是为了你"或是"都是因为生了你，我才会有现在这样的境遇"，这样的信息传递给孩子的是"如今我为你辛苦付出，余生你必须为我的快乐负责"。在我小的时候，每当父母吵架，他们都在气头上的时候，甚至会给我出一些无法给出答案的夺命题，到底是跟爸爸还是跟妈妈，必须选一个。那时的我是茫然无助的，我不懂为什么必须要选一个，我不懂为什么他们要吵架，我更不懂为什么我的存在会成为他们每次吵架都会提及的话题。于是在那个幼小的心灵里就植入一个信念：我得乖乖的，我得听话，我必须为他们的未来负责，这样他们不会吵架，这样我的存在才是有意义和有价值的，这样我才不是那个成为他们负担的存在。

其实孩子无力扛起父母一生的幸福与快乐，他们更需要做的是对自己的人生负责。当为人父母处于沮丧状态下，孩子表现出贴心、过分懂事、扮演慰藉父母的角色时，其实已在帮父母背负辛苦了。随之衍生出心灵上的压力，更会促成他们长大后习惯性地取悦别人，从而证明自己存在的意义。

●心锁笔记

关于"取悦他人"这个心锁，我邀请您写下在自己的成长过程中，关于这个心锁的笔记。

在您即将写下属于自己的心锁笔记时，我再次邀请您像第一次写下心锁笔记的流程那样，独自认真地先做一个静心练习，这样会让您的笔记更加清晰和真切（注：静心练习请参看第一个故事后的指导步骤）。

做完这个静心练习后，请您再次打开书本，用心写下自己的觉察笔记：

1. 阅读完这个故事，并了解了"取悦他人"这个内在成长的心锁后，我觉察到的是：

_____

_____

_____

2. 我拥有——（感受自我内在的丰盛、身体的丰盛、关系的丰盛、环境的丰盛）

_____

_____

_____

今天我像个孩子一样
奇思妙想
或边走边跳地
去到任何地方，
这就是成功的一天。

第十五个节气：立秋

我与严厉的故事

作者/杨娅婷

　　傍晚，结束一天忙碌的工作后回到家已是 7 点。匆忙中胡乱吞了几口饭，赶快到书房去检查哥哥的作业。哥哥，今年 7 岁了。我跟老公工作都比较忙，正在过暑假，只能每天早上我布置好作业，晚上我再检查。

　　当我坐在课桌前打开他的作业，越看心情越沉重，布置的 5 项作业就完成了 2 项。而且这 2 项做得也极度马虎，错误百出，一看就是非常不用心。伴随着身体的疲惫，心中慢慢地升起了一些五味杂陈的情绪，愤怒、无力、挫败、疲惫等。对孩子是怒其不争。暑假已经在老家疯玩了 1 个月，现在理应安心学习啊！一天的作业全部加起来一个半小时就能完成，他还能有 7 小时可以玩耍。为什么就不能先完成作业再去玩呢？

这时，哥哥还没注意到我内心已经在翻江倒海了！还在客厅内和妹妹开心地玩。我用低沉的声音把他叫过来，把门反锁起来。我严厉地问他："你今天作业做得怎么样？"

他一脸无助地说："我不知道！应该还行吧。"看到他这副还不知所以的样子，无疑是火上浇油！

我直接把批改了画满了红色叉叉的书，狠狠地摔到了桌子上。大声地说："这就是你所谓的还行？你不会或做错都没关系，我最不能接受的就是学习态度不认真！这个《一课一练》，第二遍做，想让你巩固一下基础，可对比一下，错的比第一遍还多！"

随着我的语气越来越严厉，孩子却越发地沉默了！

他只是小小地说了一声："妈妈我错了，我不敢了，明天我一定好好做。"

我立马接上："明天，你已经第几次说这个话了，我还能相信你吗？"

随之，那张委屈的小脸上也露出了一丝惊恐的表情，泪水不由自主地流了下来。后来我冷静下来，盯着他补齐作业，改正错题，耳提面命了一番才让他去睡觉。

夜深人静，辗转无眠，又陷入自责中。现在儿子已经上小学一年级了，表面上看是今天没有好好地完成作业，实质上是没养成要事优先的好习惯，先完成学习后再去玩。孩子养成习惯需要不断地刻意练习和坚持，以及过程中需要有适当的监督与反馈。我每天工作那么忙，无法在他还没形成习惯的时候去督促他。

内心的严厉小人儿冒出来：我一上场，严厉起来，哥哥立马服服帖帖的，立竿见影！别总是温柔，有爱啦，白费唇舌！

我立马赶走了严厉小人儿，严厉是我最抵触的方式呀！小时候妈妈对我很严厉，让我失去了很多欢乐的时光！当妈妈后，我希望自己是一个温柔有爱的妈妈！

另一个指责小人儿的声音又升起了：你为什么就不能用更好的沟通方式来跟他沟通呢？为什么在孩子这儿，你这么尖酸刻薄呢？

你在批评哥哥的时候，流露出那些质疑和不信任的语气，一个不信任孩子的妈妈怎么可能培养出好孩子？

每次对孩子严厉过后，我总是会自责。事后，我会跟孩子道歉，又会用更加温柔的方式去跟他说教，然后孩子的行为还是没有改变。

我就像是一个跷跷板，一端是温柔，另一端是严厉，一直在上下起伏，无法平衡。

　　夜越来越深了，这个死结还未打开，不能再继续这种自动化模式了！到底如何才能更好地支持孩子。爱因斯坦说过，我们无法在出现问题的同一层次找到解决方法。这个问题的本质到底是什么？

　　作为职业女性，工作和生活平衡简直是一个伪命题！为了职业上的发展，找了一个事多离家远的工作是否做错了？现在，每天7点多回到家，陪伴孩子时间很有限。3岁的妹妹也无法顾及，只能自学成才了！如果我能每天6点就到家，更多地陪伴他俩，真正帮他养成先完成作业再去玩的习惯，是否现在就是另外一番景象呢？可短期内我也无法换工作啊。

　　孩子做作业拖沓懒散，慢性子是一部分原因，可是后天环境中我也要负责任。在他还没有养成好习惯时，给他过多的自由和溺爱。比如经常纵容他，可以先玩，想做作业的时候再做。经常拖到了晚上，无法及时完成。

　　为什么我小时候就能养成这样的好习惯呢？是天生的吗？思绪飘到了很久以前，记忆中浮现了那个有点委屈的小女孩。

　　小女孩6岁，在一个炎热的下午，妈妈让她练字完才能去玩。小女孩在那边练了一会儿字，觉得有一些枯燥。尤其是写到"海"字。小女孩觉得复杂，笔画又多，写得歪七扭八，随即跑到邻居家去玩了。

邻居珊珊家有超级马里奥的游戏。每次去她家，看着珊珊和爸妈那么厉害，过了一关又一关。虽然有时小女孩也可以玩，可总是很快就挂了，所以她在旁边观战也很满足。

很不巧，邻居给小女孩递过来一杯水，小女孩喝水时不小心把玻璃杯打碎了。小女孩感到非常抱歉，就跑回了家里。正好妈妈来检查她的作业，看到练字做得一塌糊涂。

随后，妈妈也得知小女孩打破了邻居家的杯子，就大声训斥起孩子，小女孩至今都还记得那种被训斥，做错事很羞愧的强烈感觉。

妈妈严厉批评："为什么不好好写字？学习态度这么不端正？打破了杯子，我们要赔别人，做错了事就要负责。"

小女孩内心很委屈，为什么别的孩子都在玩？而我每天还要练字？"海"字对我来说太难了！打破杯子也不是故意的。这些话，小女孩没有说。妈妈让女孩去再次道歉后，严厉又耐心地教小女孩怎么写好这个"海"字，一笔一画，直到写工整。

那个小女孩就是我！这件事一直在我的记忆深处，今天居然浮现了一个之前一直被我遗漏了的画面：女孩写出了一个漂亮的"海"字后，脸上露出了自豪的表情！她说："妈妈，别的伙伴都不会读也不会写'海'字，我最厉害！"

多年后，没想到与"海"字结缘，一直在上海读书，工作，成家了！却也与父母分隔很远，无法陪伴与照顾他们。

其他的记忆像潮水一样袭来，妈妈小时候严厉要求我的场景历历在目！

暑假，别人都在玩，我每天要背两首唐诗，在抱怨和忐忑中努力完成。后来，我一直是班级里背课文最快的。

每次做家务时，妈妈都会严格要求。桌子要怎么清洁？扫把怎么握？晚上回来她都要检查，看我是否认真做了。

每次期末都要全力以赴，努力考到班级第一！考不好的时候，很担心妈妈的责备！压力变成了学习的动力，越学越有劲！

没有妈妈的严格要求养成的这些好习惯，在后面多年的求学路上，我也不可能一直走下来。

爱的表现形式有很多种，原来严厉也是一种爱，这么多年我竟误解了，总觉得妈妈小时候不够爱我。在这一瞬间我突然理解了我妈妈的严厉，当我没做到的时候，她的大声责备的行为背后是殷切的期望。期望我能够养成一个要事优先的好习惯。这背后也是一种爱，是一种更深沉的爱。

突然觉得当妈妈多了一份轻松自在，我这个跷跷板如何去平衡！我可以是一个温柔有爱有趣的妈妈，也可以是一个严厉的妈妈，我可以自主选择，而不必抗拒严厉！

当年妈妈的那种严厉与坚定，一直在给我一种力量，就是我相信你可以做到！现在我把这个力量传递下去，支持我的两个孩子养成好习惯。

妈妈，我爱你！谢谢你的严厉让我一直能够砥砺前行，迎难而上。这时，内在的严厉小人儿突然冒出来，兴奋地说：一起来合作，支持孩子养成要事优先的好习惯吧！

夜已经深了，伴随着这些新想法，我也沉沉地睡去，明天又是崭新的一天！严厉小人儿，晚安！

拓展阅读：第 015 个心锁——别孩子气

孩提时活泼、自在、好动的外在表现形式可以对应到一个词——"孩子气"。但我们发现有些孩子会过早地褪去孩子气，表现出与他们年龄不符的成人气质。于是我们会听见周围的人这样评价他们"这个孩子真懂事，小大人啊"。这样的过分懂事，往往会出现在家里的长子或者长女身上，因为是家里的老大，他们在童年时期，每当他们展现出这个年龄该有的"孩子气"时，就会遭到父母严厉的斥责与压制。父母要求他们要懂事，要做弟弟妹妹们的榜样，要提前承担家里的责任。于是，他们就会被迫让着弟弟妹妹，学会懂事，提前学习怎么成为一个合格的"大人"，去承担本不应该他们这个年龄该承担的家务或者责任。这个"别孩子气"的心锁就开始进入他们童稚幼小的生命。

而当这个心锁进入这些人的生命中时，他们就变得很难快乐起来，因为那份纯真的快乐，早在孩提时期，就已经一点一滴地被这个"别孩子气"的信念给扼杀了。他们必须学着隐藏这份"孩子气"，学着隐藏自己情绪的表达。

●心锁笔记

关于"别孩子气"这个心锁，我邀请您写下在自己的成长过程中，关于这个心锁的笔记。

在您即将写下属于自己的心锁笔记时，我再次邀请您像第一次写下心锁笔记的流程那样，独自认真地先做一个静心练习，这样会让您的笔记更加清晰和真切（注：静心练习请参看第一个故事后的指导步骤）。

做完这个静心练习后，请您再次打开书本，用心写下自己的觉察笔记：

1. 阅读完这个故事，并了解了"别孩子气"这个内在成长的心锁后，我觉察到的是：

_____

_____

_____

2. 我拥有——（感受自我内在的丰盛、身体的丰盛、关系的丰盛、环境的丰盛）

_____

_____

_____

今天我感受到
身体给我的重要信息，
并做出
积极的回应和行动，
这就是成功的一天。

第十六个节气：处暑

生病的故事

作者/何海云

　　我妈是个"药罐子"。早年她去北方读军医大学的时候，按照军队要求进行各种艰苦拉练，结果落下了慢性支气管炎。每年换季的时候她都会发作咳嗽咯血，住院进行治疗。每次我去充满了消毒药水刺鼻味道的病房看她，发现在一边守护的外婆老是忧心忡忡盯着我妈。有一次外婆和我回家的路上，外婆抓住了我的手，语重心长地对我说："毛毛，你要好好读书啊，以后才能找个好工作，自己有能力独立生活下去！"

　　看着外婆殷切的目光，我点了点头。于是从中学、大学，到毕业后工作，我一直持续努力，不敢松懈。

10 年前的一天，上完班我突然觉得浑身无力，到医院抽血检查，等了 40 分钟才出来化验单，结果显示黄疸高到好几百！医生宣布，我得肝炎了，而且必须立即住院治疗！

当晚我被送进了住院部，每天要吊大大小小 8 瓶水，每隔两天还要被抽一大管血去检查。天啊，黄疸指数还在升高！看着窗外暗淡失色的天空，自己日渐蜡黄的脸色，我更加低落。心里还在想着，太倒霉了，原本的升职机会也永远失去了。

我妈每天来看我，每次都拎着一堆吃的。这天她走进病房，看到桌上前几天送来的食物还完好未动。她回头看着我，走到我面前幽幽地说了一句话："你知道吗，我多年生病下来发现了一件事：生病固然千种不好，但只有一样好处。"

"啊什么？还有好处？这可能是我最后一根稻草了！"我立刻竖起了耳朵。

"生病让你了解到，生命中有什么是可以放下的，什么才是对你至关重要的。"

说完，妈妈掖了掖我的被子，走了。

突然，整个病房安静下来，整个世界安静下来，我的心也安静了下来。

我问自己，我原以为向前奔跑，考好学校，找好工作，努力追求一切更好的才是最重要的，生命的意义不就在于实现我的价值，让别人看到我的价值吗？即使这会儿在病床上我还在心心念念着升职的机会……可是，这真的是对我最重要的吗？

如果……啊不，我是说万一，黄疸指数继续上升，我不得不继续留在这里和病痛共处，我不禁打了个冷战，那生命中对我最重要的到底是什么？

如果生命里我只能选择一样东西，我想要的是什么？

想到这里，我突然整个人都轻松了。

原来，没有什么东西是放不下的。我一直在苦苦追求的东西，那些外在的认可、荣誉、面子、骄傲……都随着此刻病痛之感离我远去，这些都不是我能留得住，也不是我最终真正想要的。

"除了生死，都是小事。"而生的意义是什么？

也许就在于真正地活着，自由地活着，自在地活着，在每一天。

也许在于做减法，把那些外在附加给我们的东西一件一件放下，回到生命最初的样子，最本真的自己，那个纯真烂漫的婴儿，在无忧无虑、没心没肺地笑着。

生命，告诉我们如何度过这一生。

拓展阅读：第016个心锁——交换健康

邻居家的孩子过了一个假期去上幼儿园的头几周，总会让家里人焦头烂额。那几周刚到幼儿园，孩子又哭又闹，弄得妈妈和老师都手足无措。最后，孩子好不容易不哭了，却又发起了高烧。到了医院，大夫检查了半天，发现孩子的各项身体指标都很正常，查不出任何高烧的原因。你以为身体上的不健康完全是因为生理的关系吗？也有可能是心因性疾病导致的。

千万不要低估孩子的觉察力，他们会摸索出当自己身体健康时，父母们很少给予特别的关注和关心；可是每当自己生病或者不舒服时，父母就会对自己特别好，专注地陪在孩子身边讲故事、削苹果、放下手机和所有的工作，全身心地提供高质量的陪伴。那一刻，这个孩子会准确地捕获一个信息，我是父母的全世界，是他们宇宙的中心。于是这个孩子为了持续获得父母对他的关注和关心，他可能会选择让自己成为一个体弱多病、欠缺生命活力的人，并暗示自己不要健康。

长大之后，当他的人生面临困境、挫折、失意、难题时，大脑会启动"交换健康"的信号，让各种不同的病痛逐一显现。因为在"交换健康"的心锁的驱动下，他会觉得当自己遭遇病痛的折磨时，会换来被爱、被关照、被怜悯、被原谅、被包容。销售的成功经验会让我们自动化地去找寻这个路径，对外呈现出自己是一个不健康的人，而这些病痛和不健康可以让我们拥有被优待和被照顾的特权。

●心锁笔记

关于"交换健康"这个心锁，我邀请您写下在自己的成长过程中，关于这个心锁的笔记。

在您即将写下属于自己的心锁笔记时，我再次邀请您像第一次写下心锁笔记的流程那样，独自认真地先做一个静心练习，这样会让您的笔记更加清晰和真切（注：静心练习请参看第一个故事后的指导步骤）。

做完这个静心练习后，请您再次打开书本，用心写下自己的觉察笔记：

1. 阅读完这个故事，并了解了"交换健康"这个内在成长的心锁后，我觉察到的是：

_____

_____

_____

2. 我拥有——（感受自我内在的丰盛、身体的丰盛、关系的丰盛、环境的丰盛）

_____

_____

_____

心锁钥匙 * 017

今天我有了
去和家人沟通
或与老友聚会的念头，
这就是成功的一天。

第十七个节气：白露

尿床的女孩

作者/王莉

　　我生在城市，长在农村，因为我是超生的一分子，所以生下来就被送到农村，由姥姥养大，和舅舅一家生活。6岁以后才回到爸妈身边。舅舅一家人的生活，其乐融融；可是爸妈的生活，却是箭在弦上。

　　印象中的他们每天都是战斗机，很少会有和谐号，感觉自己常常被忽视和被责骂，很少被疼爱和被肯定，每天像一只受惊的小鸟，小心翼翼，战战兢兢，生怕犯错。爸妈家常便饭般的争吵和粗暴的教育方式，就像一根根无形的刺，附着在我幼小的心灵，慢慢成为一个小洞，隐隐作痛。所以，我常常幻想着怎么能够逃离这个冰冷的家，回到温暖的姥姥身边。那个时候，我不知道将来要什么，但我很清楚地知道自己不要什么：我一定不要成为像爸妈这样的人！

小时候我经常尿床，十次尿床，九次挨骂。所以，为了不挨骂，每次尿床，我都会把床铺稍稍伪装一下，要么故意不叠被子，要么就把叠好的被子放在床铺中间。做好掩饰后，我才安心地去上学。在学校上课的时候内心依然很忐忑，惦记着我的床铺会不会被妈妈发现，结果，我的此地无银都会被妈妈识破。每次回家都免不了一顿数落与嘲讽，那个时候觉得自己很弱小，无力反抗，但内心的委屈和想要逃离的感觉在每一次责骂后暗暗发酵。

有一天早晨，还在睡梦中的我，下意识地用手摸了一下裤子："不对，怎么湿漉漉的？"我猛地睁开眼睛："大事不好！又水漫金山了！"于是，我三下五除二地穿衣服，起床，像一个"惯犯"一样娴熟地整理被褥，伪装"犯罪"现场。这次我吸取了之前的教训，特意在潮湿的地方假装不经意放了一件上衣外套："这次肯定看不出来了！"我得意地看着自己的杰作，然后背着书包放心地奔向学校。

中午放学回家的路上，内心又开始打鼓："这次应该不会被识破吧？那件衣服应该是一个很好的掩护。不对！是不是也可能会被识破？因为床中间多了一件衣服？"不知不觉，到家了，感叹道：为什么回家的路总是比上学的路短一些呢？

回到家，妈妈在厨房的灶台前做饭。"咦？面无表情，很平静，应该没事儿！"我透过帘子悄悄地侦察了一下"敌情"，然后像没事儿人一样喊了一声："妈，我回来了！"

妈妈看了我一眼，然后又把头转向灶台，平静而面无表情地说："你以为把衣服放中间我就看不到了吗?! 你都多大了，还尿床！怎么就不长记性？气死我了！你走吧，我不要你了！"

"什么?! 尿床是我能控制的吗?!"瞬间，我内心的委屈和愤怒像火山一样"砰"的一下爆发出来，"让我走?! 不要我了？我早就不想在这个家待了！"然后，我二话没说，转头就走了，爱哭的我这一次一滴眼泪都没掉。我也不知道该去哪里，凭着记忆，我走到一个离家10里地的电影院前，走累了，就坐在台阶上，一个人傻傻地待着，不怕，也不恼，片刻的逃离让我轻松了很多。看着旁边的孩子由爸妈陪着，有说有笑，我羡慕极了！当时，一个奇怪的想法突然浮现出来："我怎么这么点儿背?! 遇上这样的妈妈?! 可是，我也没有力量和她抗争啊！怎么办？我还可以怎么选择？她总是觉得我不够好，我就真的不好吗？我一定要凭自己的努力，好好学习，好好工作，有出息，将来让她瞧瞧！越说我不好，我就越要好好的，哼！"就这样，通过一番独特的自我疗愈，在外面浪了大半天后我决定："该回家了！"

到了家，吓了我一跳，家里挤满了七大姑八大姨，大家看到我，一时间都愣住了。紧接着，妈妈大跨步地走到我面前，紧紧地抓着我的小手儿，又喜又急又关切地说："你去哪里了？可把我急坏了！大家在满世界地找你。我以为你离家出走了呢！"看到妈妈眼睛里噙满了泪水，那一刻，我知道，原来，平时看似冷漠的妈妈，不管怎样，还是关心我的……

此后，我也真是这么做的，改变不了父母和环境，我就努力改变自己，让自己适应父母和环境。每次遇到困境，我都告诉自己：越是艰难处，越是修心时！

渐渐地，我长大了，父母老了，他们已不再争吵，越来越和谐，过着老有所依的日子。我成为他们眼中孝顺懂事、引以为傲的女儿。但内心的洞，有时候依然会隐隐作痛，我与父母的真正和解是在读了《遇见未知的自己》中的一段话：

父母也是人，他们有他们自己的限制。在过去的每一刻，你的父母都已经尽他们所能地在扮演好他们的角色。他们也许不是最好的父母，但是他们所知有限，资源也有限。在诸多限制下，你所得到的已经是他们尽力之后的结果了。

是啊！我的父母已经在用他们所知的最好的方式在爱着我。我突然想到，在我爸爸十几岁最叛逆的时候，他的父亲就离家出走了，由他的妈妈独自带大；我妈妈的父母一辈子也是争争吵吵，形同路人。每一代父母都有各自年代属性的不易，他们的父母可能也没教会他们如何爱孩子，他们却尽自己所能爱着自己的孩子。身边的朋友都说我是一个坚韧的女子，这份坚韧支持我在人生路上不畏风雨，砥砺前行。现在想想，这份坚韧也是我父母给予的，只不过是用了一个看似不那么温柔的方式。长大后，父母回忆起我的小时候，他们有些惭愧地说："那个时候我们年轻，也不知道怎么教育孩子，对你有些过分……"现在，年迈的父母对我的爱，让我找回了童年期待的美好。

小时候，我们幼小的心灵有时被自己的原生家庭有意或无意地伤害，留下一个个洞，这些洞可大可小。而让我们真正走向成熟的就是做原生家庭不好部分的终结者，自己幸福人生的开创者！这些洞，可能是由父母留下的，但补洞的可以是我们自己，就像一只四处漏水的纸杯，我们可以选择自己喜欢的颜色和图形将它精心地修补，最后变成一个五彩斑斓的水杯。当我们自己把一个个洞补齐的时候，就可以承载和给予更多的爱，因为内心的每一个洞都是光照进来的地方！

拓展阅读：第 017 个心锁——情感匮乏

这种类型的父母与拥有"取悦他人"心锁的父母特质是相同的，他们通常因为自己的婚姻不幸福、离婚、单亲或丧偶，反而需要孩子来照顾他们情感上的需求，填补他们情感上的匮乏。许多这样家庭的孩子承担了代理父亲、代理母亲的角色，这样的家庭也训练出了他们善解人意、过度敏感的人格特质。

"情感匮乏"的心锁对我们长大之后的影响是：我们很容易去理解、体贴别人的需求和感觉，与别人达成共情。却厘不清自己情感上的界线，常常将别人的问题往自己身上揽，对自己的感觉和需求往往视而不见。在这种类型家庭中长大的孩子，他们总是觉得别人的需求远比自己重要，他们存在的使命就是为了去填补别人的情感匮乏，去实现别人的快乐。尤其是当自己感觉快乐而身边的人不快乐时，他们的内心会产生很深的罪恶感。他们总会照顾到周遭人的喜怒哀乐，他们认定只有大家都快乐了，才算尽了责任。

●心锁笔记

关于"情感匮乏"这个心锁，我邀请您写下在自己的成长过程中，关于这个心锁的笔记。

在您即将写下属于自己的心锁笔记时，我再次邀请您像第一次写下心锁笔记的流程那样，独自认真地先做一个静心练习，这样会让您的笔记更加清晰和真切（注：静心练习请参看第一个故事后的指导步骤）。

做完这个静心练习后，请您再次打开书本，用心写下自己的觉察笔记：

1. 阅读完这个故事，并了解了"情感匮乏"这个内在成长的心锁后，我觉察到的是：

_____

_____

_____

2. 我拥有——（感受自我内在的丰盛、身体的丰盛、关系的丰盛、环境的丰盛）

_____

_____

_____

心锁钥匙 * 018

今天我对人、对事的做法
比以往更温和与有耐心，
这就是成功的一天。

第十八个节气：秋分

妈妈的新口红

作者/秦小枚

前几天，通过韩国的老师买了两支口红，颜色也是我最爱的橙红色和正大红，接下来准备每天都美美的。

今天我正在做家务，洗衣机转得可欢了，里面的衣服欢蹦乱跳像在跳舞，我在书房收拾着。隔壁卧室我4岁的女儿一直在喊我"妈妈，妈妈"，事情实在有点多，所以我只是在隔壁应着她的呼喊，并没有过去找她。

不一会儿，洗衣机45分钟的终止音乐响起，书房也被我收拾得井井有条，随后我就去拿洗衣机里的衣服准备晾晒。

到了阳台我突然想起女儿有好一会儿没有喊妈妈了，她在干吗呢？下意识地我在想这个鬼灵精不会又是在玩我的化妆袋吧。我悄悄地从阳台的窗户里瞄到了卧室，果然女儿在玩我的化妆袋，像模像样地已经涂起了口红。

我心里微微一笑，想到这丫头，真的是小爱美。随后继续晒衣服。晒好，我轻轻地回到卧室，刚到门口，女儿吓得狂把化妆袋塞到背后，手也背着。我轻轻地问："宝宝，刚刚你在干吗呀？"女儿回答道："妈妈，我没干吗。""你确定？是不是在悄悄地拿妈妈的化妆品化妆呀！"此刻女儿回答道："妈妈，你真优秀！"我愣了一下，心想，女儿在我创业以后，第一年一直夸我漂亮，第二年一直夸我真棒，今天说我优秀应该是看到我最近认真工作吧。随后我就问她："宝宝，你怎么觉得妈妈优秀呢？是觉得妈妈最近努力工作吗？"

她回答："妈妈，今天我在玩化妆品，你没有像小时候那样凶我，妈妈你真优秀，可以不生气。"此刻我才意识到去年我也买了一支口红，那会儿不到 3 岁的她看到以后又当口红又当彩笔，画了自己满脸，画了地板满地，被我撞见以后我破口大骂，心疼我的口红，当时她应该被吓坏了，我记得那天我拍了她满脸花猫的样子发了一条朋友圈。责备她是个小败家子。

思绪快速回到现实，我继续和女儿对话，"宝宝，你是不是很喜欢妈妈的化妆袋呀！"女儿回答道："是啊，我的妈妈每天都美美的，白白的，香香的，我很喜欢我的妈妈，我的妈妈又漂亮又能干。""妈妈，你可以帮我把口红盖好吗？我刚刚太紧张了，口红可能断了一丢丢。"我拿起口红，这是我最爱的橙红色，一打开果然有一半因为没有复位就盖上，已经断在里面了。

女儿见状狂说："妈妈，对不起！"此时的我居然一点怒火也没有，心里很不是滋味，想起去年我的吼叫，看看此刻早已吓坏生怕我吼她的女儿，我一把搂过来她，温柔地说了一句："没关系，宝宝，来，妈妈教你怎么盖口红，以后你想用化妆品，妈妈送你一套并且送你一支口红。""真的吗？谢谢妈妈，我答应你只是偶尔涂一丢丢，上幼儿园我会把它们好好放在家里！"说完她亲了我一口就去玩了。

我边收拾化妆台边思考，脑海里突然有个词"温柔而有边界"。作为一个新手妈妈，这两年我在生活点滴上思考了很多，也很开心女儿被我养得白白胖胖很健康。在情感的陪伴上，这两年我一直在学习成长，第一次听到"温柔而坚定"这个词我很新奇却也似懂非懂，随着在生活中点滴的交流，女儿给我的反馈，以及和事业合作伙伴的思想碰撞，我在此刻才好像明白了一些事。

在我人生的旅程中，影响我最大的是我妈妈。妈妈生下我的时候已经 38 岁，我有两个初中毕业即将上高中的哥哥，因为爸爸喜欢女孩，38 岁高龄的她生下了我，当时身体健康水平特别差，家庭开销也不小，和爸爸的日常生活并不顺畅，经常吵架，那么怎么去养大我这个孩子，她很没有安全感，根本不知道怎么做，她尽力了，把她所有可以做的都做了。

高龄产妇的她本身体质不好，所以我从小体质就很差，记得当时妈妈没有母乳，妈妈一直给我吃在当时最好的奶粉，只要手里有点多余的钱，都是给我买各种营养品。读书的那些年，记忆最深刻的就是妈妈永远是那个站在窗户边，开着微弱灯光等我下课的女人。进门以后就给我泡一杯热气腾腾的牛奶，然后就去给我暖被窝。所以后来我回看我走过的人生，除了爱以外一无所有，就是因为一无所有，所以其他事情都要我自己来。这就是最好的教育，最好的教育就是自己来。

后来就出来读书走向社会，一路是越来越好，变得越来越好的原因是我知道有人爱我。不管妈妈怎么吼叫怎么打骂，背后是因为爱，我深刻地知道那是爱。所以这些年为人母以后，发现和孩子在生活中的种种，到最后圆融无碍地解决，都是因为爱。吼叫打骂一个人不跑不跳，严管严教，这个吼叫的人是谁，被吼叫的人是谁，我年少的时候被我母亲吼叫甚至打骂，她在背后为我做了很多事，付出了很多，她有资格打骂。

18 岁前我都生活在湖南，妈妈从早到晚为我什么都做了。最近经常和我老公说要他感谢丈母娘，因为妈妈给了我完整的爱，所以我无惧。其实后来我对孩子吼叫，是潜意识里童年的回忆，也是模仿，现在能够温柔而坚定地处理和孩子的关系，是因为我终于明白了母爱的深沉，同时我已经长大了，可以成熟淡定地面对情绪。一个人真正活好自己，是不需要吼叫，而孩子自然而然会模仿，也会越来越靠近我们！

拓展阅读：第018个心锁——心绪失责

你会是一个无法信任别人的人吗？你对于别人的态度会很多变吗？你经常会有自我矛盾、内在焦虑的状态吗？如果以上3个问题，有一个困扰你，就让我们一起回到你的小时候去看一看你的童年状态。

很多父母心情好的时候对孩子的状态就非常亲切，孩子就是他们手心里的宝，而当他们在工作中遇到挫折、被领导责骂或是项目进展不顺利时，往往会把这样的怨气和怒气带回到家里。当他们下班回家推开门，看到如往常一样，兴高采烈迎接他们回家的孩子，看到如往常一样摊得一地的玩具，那股怨气和怒气就会莫名地爆发出来，甚至会冲孩子吼道："怎么回事，你又把家里搞得这么乱，能不能不要整天给我添麻烦，我这一天天上班已经够累了，回来还要收拾你的破玩具。"此时孩子的内心是混乱的，明明前几天我还是爸爸妈妈的小可爱，他们还陪我一起收拾玩具，怎么今天就这么凶神恶煞了，孩子心里好慌啊。

父母对待孩子的这种朝令夕改、变化莫测并缺乏一贯性的管教方式，使得孩子无法清楚、明确地知道父母心中真正的想法，以至于当他们在面对父母日常生活中许多教导与规范时，往往变得不知所措、无所适从。因为这样的前后不一很容易让"心绪失责"这个心锁植入孩子的内心。

很多时候，父母们不善于将工作上的情绪和回归家庭之后的情绪顺利转换，他们本身也不能很清楚、很明确地让孩子知道自己对许多事情的想法和价值观。当父母没有很清楚地向孩子表达自己情绪的变化并不是因为孩子不好或做错事时，长期在这种家庭中长大的孩子会经常陷入焦虑不安、困惑和矛盾的情绪里。长大后的他们就会对人无法信任、疑心病重，并且特别喜欢去揣测别人对自己的想法和感觉。

●心锁笔记

关于"心绪失责"这个心锁，我邀请您写下在自己的成长过程中，关于这个心锁的笔记。

在您即将写下属于自己的心锁笔记时，我再次邀请您像第一次写下心锁笔记的流程那样，独自认真地先做一个静心练习，这样会让您的笔记更加清晰和真切（注：静心练习请参看第一个故事后的指导步骤）。

做完这个静心练习后，请您再次打开书本，用心写下自己的觉察笔记：

1. 阅读完这个故事，并了解了"心绪失责"这个内在成长的心锁后，我觉察到的是：

_____

_____

_____

2. 我拥有——（感受自我内在的丰盛、身体的丰盛、关系的丰盛、环境的丰盛）

_____

_____

_____

今天我感受到
每个人生存的不易，
人人都渴望被关爱，
这就是成功的一天。

第十九个节气：寒露

唯爱永恒

作者/陈碧莲

我是一个部门管理员，但是我缺乏自信，怕冲突，怕别人说我不好。我做事认真负责为的就是获得别人的认可，因此我学会了忍受自己的各种情绪，学会了无奈的沉默。记得有一次会议中，我被人误解委屈到落泪，但话到嘴边却又开不了口，一度几乎崩溃。我知道，在原生家庭里母亲的影响对我是巨大的。

于是，我开始不断地寻求突破，试图在各种学习中进行自我疗愈。在一次治愈之旅的课程学习中，老师鼓励我们面对曾经的伤害，去接受它，通过宽恕别人来治愈自己。老师提前给我们准备了一张表格，表格一共有 900 多个小格子，这是按照人的平均寿命来计算的。老师让我们在表格上划掉已经走过的岁月，看看自己还剩多少日子，再看看父母还剩下多少日子。当把母亲的年龄从格子里一笔一笔地划去，看着所剩无几的格子时，我心情沉重极了，眼泪掉落在表格上，似乎再也划不下去了。我多么希望母亲不再老下去了呀！原来父母可以陪我们的时间真的并不多了，正所谓子欲养而亲不待。

接着老师让我们打电话给自己的父母，表达对他们的爱，放下过去的一切。说实话当时我是犹豫的，因为在我从小到大的记忆里母亲给予我的从来都是打击式的语言，但我还是鼓起勇气拨通了母亲的电话，告诉她："妈妈，我爱你！"在说出我爱你的那一刻，一直不爱哭泣的我，第一次泪如雨下，收也收不住。我告诉母亲："你真是太棒了，你这辈子作了一个最明智的决定，那就是在亲朋好友劝说你不要让女孩子读书的情况下，硬是省吃俭用供我读完了大学。"母亲一下子愣住了，过了一会儿电话那边传来了母亲哽咽的声音……

这也许是她 60 多年来第一次有人这么直接地告诉她——爱她，并告诉她她是一个最棒的母亲，母女之间扣紧了这么多年的心结由此打开了……

我的母亲是一个不认字的农村妇女，父亲是一个高中生。在那个年代，算是知识分子了，或许是文化水平的差异，也或许是性格原因，反正他们之间没少冲突，这也影响到了我的性格。父亲是家里的主要经济来源，每年有一半时间在出差，所以一人带俩娃的重任就落在母亲一个人的头上。家庭条件比较差，平时连吃个冰棍都感觉很奢侈，因此我很早就学会了自己做饭，学会了帮母亲缝纫补贴家用，学会有再大的情绪也要一个人默默地忍受下来，我不想给母亲增添烦恼。

那是一个闷热的夏天，下着小雨。母亲准备给我们做饭，她往灶台里点了一火把，便转身到里屋拿面粉给我们做面疙瘩吃。她关照我哥："你带着妹妹在厨房待着别出去。"那个时候 1 岁多的我刚刚摇摇晃晃地学走路，哥哥也才 3 岁。可能因为好奇我把手伸进了冒着火的灶台，把火把拖了出来。等母亲拿着面粉出来时发现我的两只小手刚好撑在火把上，被火给烧个正着，吓傻了的我根本不懂得逃跑。当时的母亲完全慌乱了，顾不得撒了一地的面粉，把哥哥放到爷爷家里，颤颤巍巍地抱起我就往外婆家赶。那会儿外婆身体不好还躺在床上，看到被烧伤的我，心疼极了，于是不停地指责母亲的过错。可想而知当时母亲的心情了，不光是愧疚、自责，还得承受着家人的严厉呵斥。

老太太去村里卫生院搞了点药来，擦了也不见有任何效果。我已经肿得看不到脖子了，母亲急急忙忙把我送到镇上的医院，但身上已找不到可以注射的静脉血管了，母亲身上没有什么钱，幸运的是我阿姨刚结算到了一些工钱在身上，帮着支付了救护车及首笔住院的费用，才算顺利地把我转到常熟市里医院的急诊室。医生一看到我已没有什么生命体征了，强烈建议把要我送到苏州治疗。因为实在没有多余的钱，再考虑到去苏州的这个时间折腾不起，母亲苦苦哀求着他们把我留在常熟治疗。正好其中认识的一个护士与我的一个叔叔是同学，有她在中间帮忙协调，才最终让我留了下来。当一针强心针打进去已经没有什么反应的时候，母亲绝望地以为要失去我了，可想而知当时她心里有多么的崩溃与痛苦呀！

谁知奇迹发生了，当第二天早晨挂盐水的时候我居然哭出了声音，院长马上走出来安慰我母亲，告诉母亲与亲戚说一定会尽最大的努力把我救活的。这时母亲总算看到了生的希望，一直悬着的心放下一些。母亲在医院里陪了我 20 多天，看着我一天天地好起来，才倍感欣慰。出院到家，锅里的粥都已长满了毛，打翻在地的面粉也绿花花的霉了一地。

虽然出院了，但由于是大面积烧伤，脸上身上都要贴上膏药。又因我才 1 岁多还吃着母乳，又好动，贴上去的膏药总有掉落的时候，我的下巴处和手臂内侧留下了永远去不掉的疤痕，但是脸上与其他地方恢复得还不错，这也算是不幸中的万幸吧。

随着我渐渐懂事，上学，我开始意识到别人会用异样的眼光看着我，我便开始缺乏自信，变得沉默寡言。我经常会默默地看着镜子里的自己，看着自己漂亮的大眼睛跟自己说，要是没有疤痕，我肯定是一个非常漂亮的女孩子。看着别人光光滑滑的脸蛋，我多多少少会怪母亲的疏忽，体会不到母亲当时的痛苦及不易。读大学的时候，父母带我到南京做了一次手术，但恢复效果一般。再后来我也去过好几次美容院，人家给我的回复是，你这个疤痕算是恢复得很不错的烧伤疤痕了，即使修复也不一定比现在好，渐渐地我也终于放弃了修复的想法。

母亲经常会在我和我哥面前控诉父亲的种种不好，觉得自己命苦，而且时不时地会把我小时候烧伤的事情翻出来一遍又一遍地说。她除了自责没把我看好，还责怪父亲经常出差没赚到钱，人也不在家，因此害得我被烧成这样，这成了她永远也过不去的坎。她有时真是像极了鲁迅笔下的祥林嫂。

回看过往，我慢慢地理解了我的母亲。当初我被烧伤差点没命时，她的心里该有多么的悲痛与自责，生活拮据的她一个人带两个孩子时，她有多么的无奈与无助。去年我的哥哥因病去世，当儿子在自己的眼前慢慢没有呼吸的时候该有多么的伤心欲绝呀。白发人送黑发人这是何其的悲哀。如果这个时候做女儿的还责备她，那她除了绝望还剩下些什么？

不由得回忆起小时候大夏天睡在门板上的事了，母亲怕我热，给我扇扇子的场景；我 10 多岁第一次给亲戚朋友做一大桌子菜时母亲满是骄傲的场景；当她听说我找到一份好工作时无比欣喜的场景；当她听说我不舒服就整天叨叨我要去医院看病的场景；通电话时听说我正在忙，怕打扰我匆匆挂电话时的场景……太多太多了，真是太多太多了，原来母亲那么地深爱着我，她自始至终在用自己独特的方式爱着我，她更是一个坚强勇敢的母亲。

自从这次治愈之旅之后，我再也不随随便便因为母亲的唠叨而着急挂电话，因为唠叨是她表达爱的方式。从来不记父母生日的我，今年把他们的生日记在心里，虽然生日当天没能回去，但还是准时送上了生日祝福和礼物，还让她的外孙给她唱了生日歌。当晚，母亲给了我一个电话，非常感慨地说："女儿啊，还是女儿好啊，居然记得我的生日！我以为不会有人记得了。"听得出来，她跟孩子一样地开心。我也是满满的幸福，眼里充满了泪花，感觉跟母亲的距离越来越近了。

看着现在挺和谐的老两口，我内心特别释然与幸福。现在的我变得有勇气，因为我被爱包围着，爱不仅仅可以治愈别人，更是在治愈自己呀！主动去爱吧，爱你的父母，爱你的老公，爱你的孩子，爱你所爱之人，用自己的行动给孩子做好榜样，不要让童年的伤害复制到自己孩子身上。

今天，微信群内一张海报的文字深深吸引了我："你不断重复地做某些事情，在生理学上说，我们某些神经细胞之间就会建立起长期且固定的关系，比方说：去爱。"

是啊，这世间唯爱弥坚、唯爱永恒。

拓展阅读：第019个心锁——逃离感觉

小的时候，我们多多少少都有过这样的经历：不小心犯了错误，父母会批评我们，我们会因为被批评而难过得哭起来，但是父母看到我们哭泣会更生气。严厉型父母会大声呵斥："哭什么哭，给我闭嘴，再哭我就把你丢掉。"交易型父母会说："哎呀，你别哭了，只要你不哭，我就给你买巧克力……"温和型父母会说："宝宝，别哭了，妈妈抱抱。"而无论哪一种类型的父母，他们遇见孩子有情绪需要表达时，遇见孩子释放内在的需求和感觉时，都会用各种办法阻止孩子情绪的释放。他们共性的认知是"感觉无用""情绪解决不了问题"。他们视情绪如洪水猛兽，他们不仅没有办法自然地接受孩子内心真实的情绪展现，更不允许孩子自由表达情绪。这种种管教行为的背后，无一例外地透露出父母对孩子情绪表达的否定。久而久之，"逃离感觉"的心锁会进入他们的生命中。遇到负面情绪时，他们不敢释放，不敢宣泄，不敢呈现在人前，任由这样的情绪暗暗发酵。要么让这些情绪内化，要么将这些情绪埋藏在心底，整个人会变得小心翼翼又有些丧，呈现出负能量的状态。

其实，当一个孩子在悲伤难过时，他需要的只是你对他情绪的了解与支持，你可以抱抱他并静静地坐在他身边，温柔地告诉他："妈妈知道你很难过、很伤心，你愿不愿意跟妈妈说到底发生了什么事……"让他感受到你对他支持的同时，又可以充分地去体验他的悲伤，完完全全地跟他的情绪在一起。

●心锁笔记

关于"逃离感觉"这个心锁，我邀请您写下在自己的成长过程中，关于这个心锁的笔记。

在您即将写下属于自己的心锁笔记时，我再次邀请您像第一次写下心锁笔记的流程那样，独自认真地先做一个静心练习，这样会让您的笔记更加清晰和真切（注：静心练习请参看第一个故事后的指导步骤）。

做完这个静心练习后，请您再次打开书本，用心写下自己的觉察笔记：

1. 阅读完这个故事，并了解了"逃离感觉"这个内在成长的心锁后，我觉察到的是：

_____

_____

_____

2. 我拥有——（感受自我内在的丰盛、身体的丰盛、关系的丰盛、环境的丰盛）

_____

_____

_____

今天我回顾过往的
不足与失误，
依旧能接纳当时的
无奈和不得已的自己，
这就是成功的一天。

第二十个节气：霜降

我终于懂了什么是爱

作者/吴燕云

结束了加拿大7年的生活，我选择重新回国发展。7年前，把家从中国搬到了加拿大，现在又开始收拾行李，处理家当，把家搬回中国。柜子上一个玻璃相框，是刚到加拿大时，儿子的学校帮我和儿子拍的合影。对每一位新生，学校都会留影，并和孩子一起把照片放进相框送给父母做纪念。

相框放得很高，我踮起脚，想捏住框脚把它拿下来，没想到一不留神它从上面翻落，掉在地上，摔碎了。照片从相框中飞出，当我拿起照片拍掸着上面的玻璃碴时，才发现照片的背后居然有一幅水彩画。虽然绘画的笔法显得有些幼稚和笨拙，但我一眼认出是儿子画的。

他很小的时候画过类似的，妈妈和孩子手牵手，中间画了一颗爱心，还特地告诉过我他很爱我。我脑海中顿时浮现出拿到这个相框的画面，泪如雨下……

2010年冬天，我们全家移居到了加拿大纽宾士域省的圣约翰市定居。这是一个华人非常少的城市，作为纽宾士域省最大的城市，一共只有几百个中国家庭。那一年儿子5岁，对于中文还说得不太利索的他，英文更是一无所知。儿子本来就是一个话不多的孩子，而我是一个话很多的人，我总是认为我最爱我的儿子，我的儿子我还不了解嘛，他不说我都知道他在想啥。匆匆将他的入学手续办好后，我天真以为只要早上把他送到学校去，他随便怎么摸爬滚打，很快就能跟小朋友打成一片。

学校离家路途很近，3分钟就到了，但因为天太冷，第一天我选择开车接送。放学时我去接孩子，老师就热情地帮我俩拍了个合影，说要给我一个惊喜。关于孩子的情况，老师说他一天都不说话。我很自信地跟老师说："没事的，他刚来嘛，听不懂就不说话是正常的。"说完就带着他和老师拜拜了。

儿子一上车就表达了不想再去上学的想法，我则是很兴奋地说："你看老师刚才说啥，要给咱们一个惊喜呢！快说说学校都发生了哪些好玩的事儿……"儿子没有搭话，怯生生地说："妈妈，我听不懂他们……"然后很是悲伤的样子。我当然知道他听不懂，觉得这太正常了，于是还很不当回事："没事的哈，你只要多看他们是怎么做的，模仿他们，多比画比画就可以啦，去几天就好啦！"儿子听到我说这话，一脸无助的样子。

第二天早上，我特地给儿子准备了牛奶和可颂，儿子吃了可颂，死活不肯喝牛奶。我很生气，牛奶最适合孩子长身体了，于是硬是逼儿子喝完了。儿子很委屈，哭着喝完，痛苦地去上学了。而我却不痛不痒地说："你看，这也不难喝吧，喝了长得高高壮壮的，学校没人敢欺负你。"

这一天放学，我去接儿子，看他从校门跑出来，手里拿着一个玻璃相框，照片正是我们前一天在学校的留影。正当我表达拿到这个惊喜的喜悦时，儿子突然说要上厕所，而且一副很急很急的样子。我特别好奇儿子为啥刚刚不在学校上好厕所再出来。幸好旁边有一个可方便的地方，赶紧让他解了小便。看他尿得很急很多，我才突然发现，似乎他在学校一天都没有上厕所。我惊讶地和儿子确认，才知道原来两天都是这样，而前一天因为儿子没喝什么水，我都没发现问题。儿子因为不知道如何表达，也看不懂哪个是洗手间，居然每天都忍着，从上学到放学，整整8个小时没方便。我一下子醒悟，为什么早上儿子死活不愿喝牛奶。想起早上大家战斗的场景，我想儿子一定认为我是一个坏妈妈……

此刻，眼泪滴落在照片背后那幅画的爱心上，我的心被融化了。孩子的爱整整藏了 7 年。虽然他不善言辞，但那份爱是百分之一百纯真，埋藏在心底。相比孩子的爱，父母所谓的"爱"，却常常带着条件。

因为儿子，我终于懂了，到底什么是爱！不需要过多的言语，用真心的联结，不管你对我如何，也改变不了我爱你！

拓展阅读：第 20 个心锁——批判过度

你会习惯性地否定自己吗？我不行，我很笨，我搞不定。让我们往回看，以下这些话是不是特别熟悉："你怎么这么笨，这个都搞不定。""怎么回事，你怎么又错了，真没用！""你是傻吗？这个问题我讲了多少遍，你怎么就是不会，你是猪吗？"这些过度批判的语言，是不是经常出现在我们的童年记忆里？同时也会经常出现在我们管教孩子的语言里？

当这个"批判过度"的心锁出现在我们的生命里，对我们长大之后的影响是：由于父母对我们长期的否定及过度批判，我们潜意识里会相信自己真的很笨、很傻并且一无是处。当我们被自己内在那股无由的罪恶感抓住时，我们会觉得自己什么都做不好，做什么都不行。尤其当我们已经谨小慎微但依旧做错事时，内心会产生更强烈的自责与内疚。长大之后，我们对人生的态度会变得比较消极、悲观，没有自信，对于自己的任何表现，总是会习惯性地在心里不断地批判自己，否定自己，无法给自己正面、积极的自我建设与肯定。同时由于自尊心与自我价值感不高，使得我们十分在意别人对自己的评价。

当然，也有一些人想要突破自己内在那种消极、不安以及反复出现的自卑情结，他会选择将自己的消极、自卑震荡到另一个极端去，变成一个骄傲、自大、过度膨胀的人。

无论是哪一种人，他们的共性都是拥有"批判过度"的心锁，无法真正肯定自己，因为他们对他人的包容与忍耐度也相对变低，复刻"批判过度"的行为，以同样严苛的态度去要求别人。

●心锁笔记

关于"批判过度"这个心锁，我邀请您写下在自己的成长过程中，关于这个心锁的笔记。

在您即将写下属于自己的心锁笔记时，我再次邀请您像第一次写下心锁笔记的流程那样，独自认真地先做一个静心练习，这样会让您的笔记更加清晰和真切（注：静心练习请参看第一个故事后的指导步骤）。

做完这个静心练习后，请您再次打开书本，用心写下自己的觉察笔记：

1. 阅读完这个故事，并了解了"批判过度"这个内在成长的心锁后，我觉察到的是：

_____

_____

_____

2. 我拥有——（感受自我内在的丰盛、身体的丰盛、关系的丰盛、环境的丰盛）

_____

_____

_____

今天我感受平等的关系
是来自自我的全然接纳，
这就是成功的一天。

第二十一个节气：立冬

现实与困难
作者/瑞丽

我一直有个愿望，接父母来苏州住一段时间，带他们看看外面的世界。

终于在 2012 年实现了这个愿望，在十一假期带他们去了北京，爬长城，逛故宫，在天安门前看升旗仪式，还去了北戴河……这是他们第一出来玩，玩得很开心，我们旅游了一圈回到苏州，爸爸因为家里有事先回老家了，妈妈被我留下来，我希望她能再待一段时间，也借此机会多跟她亲近亲近。

起初几天她蛮开心，但渐渐地我发现她有些闷闷不乐，有几次跟我聊天时，她欲言又止。有一天吃完晚饭，我们一起去散步的时候，聊天过程中我刻意追问，才知道她有心事。妈妈说她觉得待在苏州令她有些不安，一方面，她在心里盘算着十一期间带他们出去玩的这一趟，我肯定花了不少钱，她心疼，说我上班挣钱不容易，还要考虑存钱以后买房啥的，这些开支她又帮不上忙，留下来还要增加一个人的开支，她觉得内疚。另一方面，在苏州和左右邻居都不熟，也没有亲戚老乡在这里，连串门的机会都没有，她对这个城市很陌生，加之不识字，当我去上班后她都不敢独自出门，怕迷路，每天只能在家待着，等着我下班回家，所以，妈妈觉得自己留下来帮不上我什么忙还让我分心操心她，觉得自己是个负担。

我问她："那起初我留你的时候，你为啥没有拒绝我，跟我爸一起回老家，而选择留下来呢？"她说："其实，心底里还是想多跟你一起待的，毕竟你从 14 岁开始出去上学后，我们就没有好好陪过你，甚至好多年都没有一起过年了，今年想着留下来陪你一起过个年再走，也算了却我一个心愿吧……"

听妈妈说完这些，我既感动又纠结，我该怎么办？

让妈妈回去？彼此都会有遗憾。

让妈妈留下来？她确实有很多的不适应。

我把这个烦恼告诉了一个朋友，请他帮忙出出主意，他问我：

"你想想，假如你妈妈心里对自己有一个期待，那个期待会是什么?"

我思考了一会儿说："是……价值? 希望自己是一个有用的人? 对! 就是这个，我妈妈一直是个独立要强的人，年轻的时候就很拼，为了我们几个孩子一直很操劳，对这个家也付出了很多。现在她年纪大了，虽然没有以前那么辛苦了，我们几个孩子也都希望她现在什么都不要再做，就好好享受生活，但她似乎闲不住，闲下来也并没有那么开心……我知道该怎么做了!"

当天，我就去找了公司大楼的物业负责人，开始给我妈找工作，进展很顺利，正好物业需要保洁阿姨。晚上回家吃饭时，我故意在饭桌上像聊八卦的口气说我们公司物业在招阿姨，还蛮难招的，物业经理都拜托我们帮忙介绍呢，我问我妈："你有没有兴趣去试试?"妈妈顿时眼睛都亮了，兴奋地问了一连串的问题: 愿意啊，多少钱一个月? 啥时可以上班? ……第二天我就领着我妈去物业办公室报名，参加培训，上岗，那天她穿上保洁服我用手机给她拍了一张工作照，照片里的她笑容灿烂，满眼的激动。

从此，每天早上妈妈早早起床做早饭，吃完饭，我就跟妈妈一起去上班。

工作间隙，我就跑去她负责打扫的楼道看看她，跟她聊上几句，但总会被她催赶着回去上班，说别耽误工作。有一次我跟几个同事乘电梯去食堂吃饭，在电梯里遇到了妈妈跟她的一群保洁阿姨同事们也去食堂吃饭，我望向人群里的妈妈时，发现她眼神却有些躲闪，我就大喊了一声："妈！"电梯里的同事们都很诧异地看着我，我笑着说："这是我妈，我亲妈，是咱们这栋楼的物业保洁阿姨。"同事们突然明白了，都很礼貌地跟妈妈打招呼，其他阿姨也笑起来，对着我妈夸我，那一刻我看到电梯里的妈妈笑容里充满了感激和幸福。中午在食堂吃饭时，她刻意把酸奶留下来塞给我叫我带回办公室喝。晚上回家的路上，我们边走边聊，她跟我说，中午在电梯里看到我时，她刚开始不好意思跟我主动打招呼，怕同事们知道我妈妈是保洁阿姨，让我没面子，但没想到我一点都不嫌弃，而且看到我的同事们都那么有礼貌，这让她觉得很欣慰，很开心。

　　和妈妈一起上班的那几个月里，我们过得很快乐。每天早上我都能吃到妈妈做的带着家乡味儿的早餐，我们一起上下班，偶尔我加班她就在楼下大厅坐着等我一起回家，周末我带她去逛园林，逛商场，去爬山，看电影，去金鸡湖边散步……她也逐渐融入了这个城市，吃完晚饭我们会一起去小区公园里跟阿姨们跳广场舞，她还交到了几个本地阿姨做朋友。她热爱她的工作，我最爱看她出门前认真穿工作服时的样子。妈妈很认真地打扫她负责的每一个区域。晚上回家还经常给我演示她白天在工作中琢磨出来的一些高效工作法，比如如何套垃圾袋更方便提拉，如何把地面上顽固的污渍去掉不留痕，擦拭不同的区域抹布的顺序应该怎样安排……她还有一个本子，每天让我教她认几个字，日积月累下来，她学会了不少。看电视时，她会对着屏幕念她能认出的字，让我确认。她还参加了公司物业组织的新年活动，她和其他保洁阿姨一起编了一支舞曲，登台表演，还拿到了奖，领了新年福利和红包。她说特别开心，当了一辈子农民，没想到自己 60 多岁时还能在城里参加工作，体验到在单位工作的新鲜和快乐，而且几个月下来还挣了不少钱……

过完年不久，妈妈就回老家了，虽然离别时有些不舍，但我们彼此都没有遗憾，妈妈说这几个月她感觉自己又找回了年轻时的干劲和状态，很快乐。于我而言，最大的收获是填补了我很多之前对妈妈的未知盲区，很欣喜。

很感恩当初朋友对我的启发，让我意识到面对挑战和困难，凡事都有 3 个以上的解决方法，在工作、生活、感情等方面陷入两难选择时，其实也是在提醒我们，要改变原有的思维模式，去探索第三种、第四种、第五种……选择，拓宽思维，迎接全新的认识。

拓展阅读：第 021 个心锁——放弃归属

"放弃归属"的心锁一般会出现在多子女家庭的那个不被宠爱的孩子身上。小时候，你是否曾经怀疑过自己到底是不是父母充话费送的，抑或是垃圾堆里捡来的？为什么父母对其他孩子那么好，我就这么不受待见？因为父母的偏心，恰恰你又不是最被宠爱的一个，你就会开始怀疑自己存在的归属感。

家里每次分糖果，通常都一样多，恰巧一次轮到你时少了一块。每次下馆子，大家爱吃的扇贝都会一人一个，恰巧有一次少了几个，爸爸要求你让给妹妹。这些恰巧会让你开始怀疑父母爱的分量，甚至产生"他们不爱我"的念头。这种"放弃归属"的心锁一旦产生，就会不断地被强化与放大，你会用无数的巧合去验证自己不被爱的假设，来证明自己的揣测和怀疑的正确性，去臆想自己那种低到尘埃的悲惨和凄凉。

长大之后，这个心锁对我们的影响是：我们很难有归属感。所以在工作上，我们不难发现有些人刚进入一个企业或是一家公司，他可以很快地融入这个新集体。而有些人即便在这家公司工作了很多年，依然觉得自己与这个集体格格不入。在家庭关系中，有些人结了婚之后会很快融入新的家庭，与另一半的父母和亲戚朋友都能和睦相处。而拥有"放弃归属"心锁的人，哪怕另一半的家人对他们再好，但凡有几次的"恰巧"出现，那个"放弃归属"的信念又开始作怪，它会重复童年的信念轨迹，让人开始怀疑自己存在的归属感。家庭矛盾会层出不穷，同时他们很难跟另一半的家人和睦相处，总会弄得自己和对方都难受。

●心锁笔记

关于"放弃归属"这个心锁，我邀请您写下在自己的成长过程中，关于这个心锁的笔记。

在您即将写下属于自己的心锁笔记时，我再次邀请您像第一次写下心锁笔记的流程那样，独自认真地先做一个静心练习，这样会让您的笔记更加清晰和真切（注：静心练习请参看第一个故事后的指导步骤）。

做完这个静心练习后，请您再次打开书本，用心写下自己的觉察笔记：

1. 阅读完这个故事，并了解了"放弃归属"这个内在成长的心锁后，我觉察到的是：

_____

_____

_____

2. 我拥有——（感受自我内在的丰盛、身体的丰盛、关系的丰盛、环境的丰盛）

_____

_____

_____

今天我在人群中
清晰地体验到相互的
陪伴和同生共体的和谐，
这就是成功的一天。

第二十二个节气：小雪

理解与互助

作者/贺汪波

"烦死了！"房间里传来女儿用书敲打桌子的声音。这已经不是第一次了。

小学三年级刚开学，她报名参加长笛班的学习。当时，我问过她："真想学吗？""想。""能坚持吗？""能！"尽管我知道，在后续的学习中，她会遇到困难，极有可能因困难和挫折对长笛由爱生厌，但我还是坚定地给她报了长笛班。经历，就是一种成长。

起步阶段的学习，让她充满信心。从吹响音，到吹出音阶，再到简单的曲子，都比较顺利。随着曲子越来越长，越来越难，她练不好时，很容易气急败坏。

我关注到她的坏情绪了，走进了她的房间。她见到我来了，竟进一步发泄情绪。

"烦死人了，不吹了！"

我轻轻回了一句："要不，先歇会儿，吃饭。等会儿再练吧。"

"不！练不好，我就不吃饭！"

"也行。那就练吧，我陪着你。"当时，我还真的以为，困难能激发她的上进心。

"不！我练不好的！"

"怎么会呢？别着急，慢慢来。一部分一部分地练。咱们先识谱。"我试图给出帮她解除困境的办法。

她强压着激动的情绪，试着和我一起识谱，我帮着打节奏，她来吹。但一吹，不是音错了，就是节奏不对。她彻底失去信心了。

"我说吧，我就是练不好的！"

"你也练了好一会儿了，现在情绪也不好。还是先吃饭，换换脑筋，等会儿再练，没准儿就练好了。"

"今天练不好，我就不吃饭！"边说，便赌气地吹起来，一吹，自然又是频频出错。她索性把乐谱书扔到了地上，把长笛往床上一砸。看到她这番举动，我准备离开房间，让她一个人冷静一下。她用脚拦住我："你还想走？"我也不淡定了："我怎么不能走？如果你想吹，就冷静下来，认真练；你要是现在这样的情绪，建议就别吹了。我要去吃饭了。"

此时，她就像是一只被激怒的小野兽，说出来的话已经失去了分寸："你还想去吃饭？我吹不好，你休想去吃饭！"

我气得坐在床边，一言不发。这只小野兽并不善罢甘休："说话啊！我怎么办？"

我依然没有理她。既不想理她，也不知道用怎样的言语回应她。我回忆着整个过程：明明我走进房间是平静的，是想给孩子帮助的，为什么既没有帮到她，还被她带到了坏情绪的沟里了？

女儿见我一直不说话，用小脚戳了戳我的腿，用撒娇中带着求助的哭腔说："你安慰我一下，就这么难吗？"

这时，我才明白：她需要的不是解决问题的方案，而是需要理解性的安慰。

我暗暗做了一次深呼吸，伸开臂膀，把她搂在我的怀里，边抚摸她的背脊边轻声说："你想吹好，但曲子很难，对吧？"她边抽泣边点点头。

"一着急，反而就出错多了；一出错，心里就更急，是不是？""嗯。""那咱们先平静一下，去吃点东西，过一会儿再来练习，好不好?"

我牵着她的手,走出房间,到客厅吃饭。但我知道,问题依然没有彻底解决。

晚饭后,我在厨房洗碗,女儿正准备走进她房间。"孩子,妈妈最近遇到一个难题,不知道该怎么办?你能帮帮我吗?"

她走到我身边。

"是这样的,妈妈下周要参加全校师德演讲比赛。这几天我就一直在背演讲稿。但有几个地方,总是记不住,估计是人上了年纪,记性不好了。你有好办法帮帮妈妈吗?我看你记课文记得特别快。"

"你就多读几次呗!特别是你记不住的地方,读着读着就记住了。"

"要不,你现在听我背一遍?"我忙不迭擦擦手,去拿演讲稿递给她。

当着孩子的面,我背得尤其认真,她也听得很认真。当中有两处我一时记不起来的,她就启发我,提醒我。还说:"你背的时候,注意力一定要集中。你还可以在上下班路上背呀!我就经常上学路上默背课文。"

"这是个好办法!我天天练,我就不信,我背不熟这篇稿子。你说呢?"我摆出一副志在必得的表情。

"嗯。妈妈加油！"

"好！你也是！"

过一会儿，就听到她的房间里传来了长笛的声音。

我和很多母亲一样，当孩子即将降临的时候，既兴奋又紧张，期待生一个健康、聪明的孩子。孩子呱呱坠地后，看着她粉红的脸蛋，听着她哇哇的哭声，就会调动自己最温柔的母性，暗下决心：这么可爱的宝贝，一定要善待她，绝不呵斥她。

随着孩子的成长，让人心忧、心烦的事情接踵而来。我也和很多母亲一样，会操心，会唠叨，会焦躁，会沮丧，甚至会怀疑：我能做好一个妈妈吗？其实，很多时候，不是母亲们没有能力去处理教育中的问题，而是，没有用恰当的情绪去面对。

在那次的教师师德演讲比赛中，我获得了第一名；女儿也在一次次练习中，吹熟了那首曲子，后续更难的曲子，也能有耐心一点点去练习。

那年，她11岁，青春期前。

拓展阅读：第 022 个心锁——不要正常

你身边有没有这样的人，非常地情绪化。循着他们的成长轨迹就能发现，在他们小的时候，当他们表现得很正常时，往往得不到父母的关心和照顾，每当他们歇斯底里或带着强烈的情绪表达自己的心境时，就会被父母关注和关心。

这些孩子很聪明，他们很早就知道如何"利用"这种极端的情绪来控制父母，来索要父母的照顾和关心。

当他们行为一切如常时，得不到任何的关心，而当他们表现出一些不正常的过激行为，比如与别人吵架、打架、夜归被邻居或老师告状时，父母就会立马引起重视，留出专属他们的时间去排解他们的情绪、关心他们的状态、更多地走进他们的内心。

如果我们有"不要正常"的心锁，对长大后的影响是：整个人会呈现比较情绪化的状态，也会喜欢以夸张的方式表达自己的情绪。我们会比较容易被某一种情绪抓住，并深深地沉溺其中而无法自拔。因为我们知道，这样的情绪能索要到我们期待的爱。

●心锁笔记

关于"不要正常"这个心锁，我邀请您写下在自己的成长过程中，关于这个心锁的笔记。

在您即将写下属于自己的心锁笔记时，我再次邀请您像第一次写下心锁笔记的流程那样，独自认真地先做一个静心练习，这样会让您的笔记更加清晰和真切（注：静心练习请参看第一个故事后的指导步骤）。

做完这个静心练习后，请您再次打开书本，用心写下自己的觉察笔记：

1. 阅读完这个故事，并了解了"不要正常"这个内在成长的心锁后，我觉察到的是：

_____

_____

_____

2. 我拥有——（感受自我内在的丰盛、身体的丰盛、关系的丰盛、环境的丰盛）

_____

_____

_____

今天我放下
头脑中的逻辑，
用心去感受周围的
情感和需求，
这就是成功的一天。

第二十三个节气：大雪

母爱皆是"紧箍咒"

作者/马美华

小的时候看电视剧《西游记》，觉得孙悟空真可怜，动不动就被唐僧念紧箍咒。

而现在回忆起来，似乎从上小学就开始觉得母亲像唐僧，熟练掌握了紧箍咒，对付我以及我的妹妹弟弟。

母亲20世纪50年代出生在鲁西南农村的贫穷家庭，姐弟6人，母亲是家中长女。和那里的众多农村家庭一样，长女几乎从会说话开始，就要开始承担力所能及的家务了，例如看门、喂鸡。等到四五岁，就要照顾更小一点的弟弟妹妹；六七岁时，就要开始做饭、割草，同时要照顾更多的弟弟妹妹……

所有的苦，长女都要吃；所有的责任，长女都要承担。因为"你是姐姐呀"！

对外，作为长女，又会是家里的代表，邻居有什么事，就会叫着她的名字来说。而别人对外公外婆的称呼，则变成了"大妮的爹娘"。

"大妮"，和很多农村家庭里的长女一样，就算是母亲的名字。

那时的农村，真的是土里刨食的地方。土地是家庭全部的衣食来源。母亲早早地就学会了所有的劳作技能和家务技能，也锻炼出了强健的身体素质。在那个年代，作为社会地位不高的普通女性，除了会做家务，会做田里的活计，还得另外发展一项技能：会吵架，以便保护家庭的财产、保护自己和妹妹弟弟。母亲没有机会读书，但她要求我的姨妈们和舅舅一定要上学。母亲像个成年人一样和我的外公外婆承担了田里的劳作。于是，我那身高 1 米 68 的母亲，经过生活的磨砺，变成了肩膀宽宽、手臂粗壮、说话声音超大、没有文化却从不服输的女孩子，为我的姨妈们以及年龄最小的舅舅撑起了一片生存的空间。在她十六七岁的时候，就俨然成了家里的顶梁柱和家长。

据父亲说，母亲和他刚结婚的那几年，性格特别温柔，直到我的出生改变了这一切。

好吧，怎么说都可以，反正我记事前也不知道母亲是不是温柔过。

但我知道从我记事时起，母亲就是个不太温柔的人。大概我这长女的身份，让母亲觉得我有责任像她一样，为以后会到来的妹妹弟弟们做好准备。所以，母亲为了确保做到这一点，用她的大嗓门唠叨伴随了我整个童年和青年时期。我早早地就学会了做家务，学会了照顾妹妹弟弟。因为父亲工作调动到城里以及我读书的原因，我倒是没有机会去田里劳作。

从我小学开始，母亲的日常工作就是做小生意、带娃、做家务、唠叨我。除了母亲忙碌的身影，我记忆深刻的就是那些唠叨了，母亲没有文化，却能把每一个点都发散成一段话。

例如：

喊起床：起床了吗？哎呀你看看几点了，怎么还不起床？起这么晚哪有时间学习？不学习有什么文化？你看看那谁谁谁没文化多难啊，连个账都算不对。你姥爷那时候……

吃饭：吃饭就吃饭，别说话，别翻菜，看准了就夹，看不准别伸筷子。你看你拿筷子那手，教了多少回了还学不会拿筷子。吃饭得有礼貌，一个闺女（姑娘）家家的，不能让人家笑话……

催学习：作业写完了吗？作业写完得复习，复习完了还得自学新的，要不老师讲新课的时候你听不懂，上课听不懂你咋学习。

上不好学以后干啥啥不行，让人家瞧不起。有本事的人到哪里人家都高看一眼……

要求按时作息：几点了还不睡觉？晚上睡得晚，早晨能起来不？早晨起不来咋上学？到学校里能有精神吗？没精神咋能学习好？你还有妹妹和弟弟，要是都跟着你学不就麻烦了，你得做个榜样……

一如此类，不胜枚举。

这些唠叨，通过母亲的高分贝大嗓门，在不大的家里回荡，也在那时的我的脑袋里回荡。我觉得自己像是被念紧箍咒的孙悟空，头疼得很。所以，我常常想快点长大就好了，我要考外地的大学，逃离母亲。

后来，我到上海上大学了。一年中也就寒假回去几天。暑假里，我做些兼职，一方面挣些生活费，另一方面也是不愿意回到母亲身边听那些紧箍咒。

读大二时，有一天上午，我从学校去做家教的路上，骑自行车不知道怎的摔倒了。小腿磕破了，血流了下来，把长裤都染红了。我赶紧爬起来，用手帕系住伤口，一瘸一拐地到附近的医院包扎。回到学校的宿舍，还是惊魂未定。忽然特别想母亲，就拨了长长的一串号码打了家里的电话。母亲的声音在电话那头传来的那一刻，我再也忍不住了，"哇"地哭出来了。在我印象中一向刚强的母亲在电话那边慌了神："妮啊，怎么啦？怎么啦？怎么啦妮？"我抽抽噎噎地告诉母亲受伤的经过，这次母亲没有念紧箍咒，甚至说话都很温柔，让我及时换药，注意别发炎了。第二天中午，我正准备去吃午饭。宿管阿姨通过喇叭叫我的名字，说外面有人找。我当时心里还想，不会是我妈吧。一边想着，一边去宿舍门口。天啊，真的是我母亲和父亲，拎着大包小包，站在楼门口。我跑过去，扑在母亲身上，号啕大哭，像是个在外受了很多委屈的孩子忽然找到了依靠。母亲也陪着哭。后来父亲说，出去吃饭吧。三口人去学校门口的餐馆吃饭。听父亲说我才知道，我昨天打完电话，母亲就让父亲赶紧买到上海的火车票。乘了12个多小时的火车到了上海，又乘公交到了学校来看我。一路上，母亲眼泪巴巴，不停地跟父亲唠叨，责怪父亲不给我买辆好的自行车，不知道孩子摔成了啥样了。在火车上总共睡了没两个小时。现在看我不严重了才放下心来。

好了，既然我伤势可控，没有什么可担心了，母亲声音大起来，就开始念她的紧箍咒了。念了3个多小时。那一刻我既后悔告诉母亲我受伤的事，又在心里觉得十分的温暖。那一个下午，我第一次觉得母亲的唠叨是那样的动听。

大学毕业以后，我在上海工作了。比读书时回家的次数更少了，好在有了手机，常常和母亲通电话。和母亲通电话其实是件

"痛苦"的事。因为生活环境的不同，有很多事情是母亲不能理解的。虽然她不理解，但在她的认知里自己是对的。于是许多次通话往往是以温馨开始，以争执结束。但这并不妨碍母亲过几天又打电话过来，继续下一个循环。

父亲和母亲曾想让我回老家去工作，原因是老家熟人多，工作好安排，离家近，可以照顾我。我一直以种种借口敷衍过去了。

两年后，我结了婚，先生那时是在青岛工作，也受我父母影响，想让我回山东。我也是没有同意，但只是告诉他在上海久了，不适应青岛的生活。

他们都不知道那时的我，有个解不开的心结：我害怕母亲的唠叨。

我动员先生从青岛跳槽到了上海，我们在这里安了家。

一年以后，女儿出生了，前 3 个月里，我手忙脚乱，翻阅资料如何育婴，却养得女儿瘦瘦的。母亲放心不下，就过来看我和孩子。坐了一夜的火车，给我带了很多营养品。那一个多月，是母亲唠叨我最多的日子，事无巨细地安排生活琐事，照顾我的起居。女儿渐渐胖起来，母亲却瘦了。母亲没有办法住太久，因为她的母亲——我的姥姥还需要人照顾。母亲回去以后，一直牵挂我既要忙于工作，还要带孩子，会太辛苦。终于在女儿一岁的时候，说要把女儿接回老家去养。我是反对的，我总觉得隔代养孩子会教育不好。但拗不过母亲的坚持，我们把女儿送到老家，给我的父母带。我们每个月会视频通话一次，每次都会觉得女儿更健康了、更懂事了。看来，我的担心是多余的。

只是，女儿那个时候大概是受了她姥姥的影响，变成了一个话唠。

女儿两岁半的时候，我把她接回来读幼儿园。母亲放心不下，又跟过来住了一个多月。看着女儿一点点跟我建立起感情，才放心地回去了。

可即便不在身边，也要每天打好几次电话，关心我怎么吃饭的、孩子怎么吃饭的；孩子在幼儿园是不是适应；要我女儿唱歌给她听……

噢！这又让我有了戴上金箍的感觉。

一转眼 10 多年过去了，女儿上了初中，我的母亲也渐渐地老了。母亲还是常常打电话来，唠叨不停，只是声音比以前小了。而我，似乎变成了母亲以前的样子，对我的女儿念起了紧箍咒……

拓展阅读：第 023 个心锁——道理专家

你喜欢说教吗？你是"专家型"的父母吗？我们发现有些父母很会讲道理且只会讲道理，他们特别喜欢以专家的状态管教孩子，约束孩子。特别当父母的职业是教官、老师这类专业人士，或崇尚纪律与服从的军人时，他们很可能把职业的习惯带入对孩子的管教中。

专家型的父母与孩子互动及表达关心的方式就是说理或说教。他们评判事务的唯一标准就是自己认知世界里的道理。他们喜欢始终保持着一副扑克脸，维持着固定的表情借由说理的方式来管教孩子。孩子每与这样的父母互动一次，内心就会产生极大的反抗。事实上，造成孩子叛逆心理的最主要根源往往就是父母们不停地说教，他们在生活中只信道理，很少去聆听孩子表达自己内在的感情和情绪。而当孩子内心对于说教，对于这些道理的反抗达到一定程度时，孩子会变得比较叛逆，做事情缺少弹性。当孩子们长大后，他们也会带着"道理专家"的模式开启对别人的说教和控制。

●心锁笔记

关于"道理专家"这个心锁，我邀请您写下在自己的成长过程中，关于这个心锁的笔记。

在您即将写下属于自己的心锁笔记时，我再次邀请您像第一次写下心锁笔记的流程那样，独自认真地先做一个静心练习，这样会让您的笔记更加清晰和真切（注：静心练习请参看第一个故事后的指导步骤）。

做完这个静心练习后，请您再次打开书本，用心写下自己的觉察笔记：

1. 阅读完这个故事，并了解了"道理专家"这个内在成长的心锁后，我觉察到的是：

_____

_____

_____

2. 我拥有——（感受自我内在的丰盛、身体的丰盛、关系的丰盛、环境的丰盛）

_____

_____

_____

今天我感受到
温和与慈爱的力量，
并愿意臣服于
内心的柔软，
这就是成功的一天。

第二十四个节气：冬至

猛击一掌

作者/舒畅

　　作为生活在城市里的人，各类外出聚餐和商业应酬决然是少不了的。这对于三口之家的我们来说，是个特麻烦的事情。因为没有老人帮忙照顾，对于不足 4 岁的女儿，我是压根不愿带她去参加这些觥筹交错、烟酒满堂的成人聚会的。她本人也极不情愿，每次要么吵吵着要回家，要么就一个劲往外跑，根本无法让我安静地吃饭。我完全能理解她。即便我作为成年人，对于一些无效的社交应酬与吃喝聚会也是极度反感的。但要把她一个人丢在家中，我这个当妈的更是绝对做不到。

这次聚会，朋友考虑得细心而周到，他们又一次特地选了海底捞火锅。因为那里有儿童游乐场，可以帮助很多像我这样的带娃家长，解决"吃饭"与"照顾孩子"不能两全的社交痛点。

火锅店的游乐场在室内，有着孩子们喜欢的各类游戏道具，还有店内员工在游乐场内维持秩序和看管，家长也放心。女儿每次都能与一帮孩子在里面愉快地玩耍，每每饭局完毕都还久久不愿离开。

聚会完毕，我来到游乐场接女儿回家。游乐场的维护员走过来笑着对我说："这是您的女儿吗？她很活泼。但是今天她动手打人，把那个男孩打哭了呢。"我顺着她的手指看过去，看见不远处有个看起来比女儿个头稍微小一点的男孩子，正在抱着一个皮球独自冲上了滑梯玩耍着。

当我把目光移向女儿的时候，她快速躲开了我的目光问询，缓缓低下了头，那一刻我明白了。我赶紧询问维护员那个男孩有没有受伤？维护员笑着摸了摸女儿的头说："没事，只是小事情，男孩没有任何的问题，下次注意就好了！"

我连忙对维护员道谢后，把女儿带出游乐场。找了一个安静角落，单独询问她到底发生了什么。要知道女儿从小是个性格温和、少言少语的孩子。但只要你用道理和她沟通，她从来都不蛮缠。平日里与所有小朋友玩耍的时候，都是礼让和回避冲突的，这个性格和我极度相似。今天怎么会发生打架的事情，我的确匪夷所思。

女儿低着头不说话。在我不断轻声引导和问询下，她开始一点点地讲述整个过程。原来在游乐场玩的时候，那个小男孩总是过来抢她手上的玩具，她多次谦让和回避后，却导致了男孩只要看见她在玩什么，就过去要和她争着玩什么。

无奈女儿再次选择了独自去玩滑梯，但是那个男孩却从后面跟着滑下来，双脚蹬踹到了女儿的背上。疼痛终于点爆了她的积压情绪，就与那个男孩打了起来。可能由于男孩个子小，力气不足，没占到便宜。女儿失手打到了他的头上，于是男孩就号啕大哭了起来。当忙碌的维护员看到他们之间这个最后场景的时候，得出女儿打人的判断就是很正常了。

断断续续地说完，女儿又一次愧疚地低下头来。我知道她已经后悔自己的行为，我知道她在担心我会严厉地批评她。那一刻我回想起自己小时候被人欺负，在外面被坏孩子打了一顿，回家后还要被父母再打一顿的往事。

最终我微笑地将女儿抱在怀里，轻轻地对她说："妈妈不会批评你的。我知道你一定是不愿意和那个小朋友发生冲突的，只是迫不得已对吗？你现在也很后悔对吗？其实妈妈也想告诉你那个男孩真的很喜欢你，很想和你一起好好玩耍，只是他用的方式你不是很喜欢对吗?"

女儿听完我的话,趴在我肩膀上轻轻地点了点头后,瞬间开始号啕大哭了起来。我知道她今天也经历了一件人生从未经历的事情,也在这个事件中饱受了很多委屈。

我静静地等她哭完,慢慢地松开怀抱,看着她泪眼朦胧的眼睛,继续认真地对她说:"宝贝,今天妈妈要教会你一件很重要很重要的事情,请你一定记住。当遭受恶意的伤害时,如果你已经忍无可忍,那就无须再忍。爸爸、妈妈永远会和你在一起。"

女儿似懂非懂地看着我,我知道她没能彻底明白我这个做母亲的,今天要表达的深层意图,于是我继续说:"宝贝,这个世界上有温暖的阳光,但也有狂风和暴雨。在我们学会享受阳光的同时,更要学会躲避风雨,保护自己。我们永远不要去伤害任何人,但也决不允许被别人恶意伤害。面对不可回避的恶意侵袭,如果有能力保护自己,一定不能示弱。如果对方太强,就要学会把生命放在最重要的位置。有机会就选择求救,没机会就保持忍耐,为的是以后用法律的武器去教训他。"听完我的话,女儿再一次认真地点了点头。我知道今天的话就像种子一样,已经深深地播撒到女儿的心田。

今天我想借这个故事告诉全世界的女性朋友:"作为女性,我们天生向往光明,期待和平,渴望友善。我们坚信这世界好人多。

但这个世界的许多女性依然在遭受着无辜的家暴、性侵、胁迫……让身心饱受摧残的恶行。当苦口婆心的宽容与退无可退的忍耐失去了作用的时候，就要勇敢地站起身来。用法律的武器进行正当的防卫与合理的还击，往往更加奏效。因为唤醒良知的除了爱的亲吻，还可以是充满智慧与力量的猛击一掌。

拓展阅读：第024个心锁——禁止懦弱

生活中有些父母，他们对孩子的要求非常严格，他们要求孩子"别太懦弱"，他们经常对孩子说"男儿有泪不轻弹"以及"在哪里跌倒就要在哪里站起来"这样的话。他们常常告诉孩子社会的残酷和现实，告诉孩子要学会坚强，告诉孩子求人不如求己。即便有些父母不说，他们也会用自己的行动告诉孩子"登天难，求人更难；纸张薄，人情更薄"的处世哲理。

如果我们在孩提时期就不断从父母那儿接收到类似这样的信息，长大之后这个"禁止懦弱"的心锁对我们的影响是：我们的自我防御性会变得很强，我们会很害怕别人知道自己的弱点。当我们感觉悲伤和无助，遇到困难时，我们很难开口去求援或倾诉。那种从小习得的我要坚强，我不能懦弱的倔强，会让我们更容易陷入孤立无援、独自搏斗的困境，我们看不到周遭可寻得的支援与协助，即使在我们身边有人可以轻而易举地帮助我们渡过生命的困境和难关，可是我们就是不愿意开口求助，所以常常会陷入自己内在的孤独和绝望里，常常独自承担大部分的辛苦，去独自面对那份孤独和绝望。

●心锁笔记

关于"禁止懦弱"这个心锁，我邀请您写下在自己的成长过程中，关于这个心锁的笔记。

在您即将写下属于自己的心锁笔记时，我再次邀请您像第一次写下心锁笔记的流程那样，独自认真地先做一个静心练习，这样会让您的笔记更加清晰和真切（注：静心练习请参看第一个故事后的指导步骤）。

做完这个静心练习后，请您再次打开书本，用心写下自己的觉察笔记：

1. 阅读完这个故事，并了解了"禁止懦弱"这个内在成长的心锁后，我觉察到的是：

_____

_____

_____

2. 我拥有——（感受自我内在的丰盛、身体的丰盛、关系的丰盛、环境的丰盛）

_____

_____

_____

至此全书的24个故事讲完了，感谢您一步步耐心地阅读。书中故事虽然结束，但在我们生命中类似的故事还在不断上演，只不过换了时空。这本书之所以得以面世，除了一群平凡而真实的母亲作者的鼎力相助，还要感恩许多许多的人……没有他们，我也只能是望洋兴叹了。在这里祝福你们平安吉祥、万事如意。

　　在这些要感恩的人中，最要提到的一位"魔镜天使"。她是这本书最大的支持者。但出于她个人的修为和信念的崇高，她愿意成为永远在背后默默支持我们的那个人，因此我擅自为她留下一个特殊天使的名字，想也不会怪罪我吧。最后，既然是一本"不讲理"的故事集，那么我还是用一个故事来做这本书的结尾吧。

写在最后的故事

记得那是在 2019 年 5 月的一个夏天。

晚饭后 7 点多钟的样子。我听见有人在轻轻地敲打着房门。打开门后，一个虎头虎脑的小男孩怯怯地站在我面前，带着满脸的疲惫和委屈。我一下就认出了他，儿子的朋友——浩浩。

浩浩家和我们住在同一栋楼，虽然和儿子在同一个学校读书，但由于不在一个班级，他和儿子渐渐成了只是在上学路上狭路相逢的朋友。浩浩很少来我家玩，但是不知怎的，今天却这么晚贸然来访。看着孩子这样不正常的情绪状态，我赶紧把他领进了屋。太太和儿子也先后围了上来，一起询问浩浩到底发生了什么。

原来今天浩浩回家，把家门钥匙弄丢了。爸爸在地质院工作，常年出差不在家。妈妈今天下班后一直没有回家，天色渐晚，所以他只能暂来我们家继续等妈妈。问明缘由，我们大家都松了一口气。得知他还没吃晚饭，儿子便拿出了好多私藏的点心，来招待他的小朋友。

由于平时家长之间并无来往，我便向浩浩问来他妈妈的手机号码，谁知拨打后听到的却是已关机的语音。微信添加对方好友，却无半点回应。无奈之下我回到房里，写了一张便笺条，告诉这位妈妈孩子在我们家，让她不要着急，同时写下了我的电话，接着便去 8 楼浩浩家，把便笺贴在了他们家的房门上。

夜渐渐深了，浩浩已经和儿子都困得倒在了沙发上。看着两个熟睡的孩子，我们夫妻二人也有点束手无策。在等待的过程中，我不由得从心里责怪起这样一位素未谋面的母亲：一个有孩子的母亲，父亲常年不在家，孩子独自在家不管又不问，还在外面忙到深夜未归，这娘是怎么当的？

就这样一直坚持到了晚上 10 点多，终于有人敲响了我家大门。开门后，一位身材消瘦，戴着眼镜，满头大汗，一脸焦躁的女士站在了我和太太面前，还没等我们开口，她就抢先问道："请问我家浩浩在您家里吗？"那一刻我知道，浩浩的妈妈终于回来了。

我赶紧接过话，告诉她浩浩就在我们家，已经在屋里和我们儿子一起睡着了。她听到这句话，一下子就哭出来了，不停地拉着我的手，连声道谢。那一幕让我甚感意外。我们把她让进屋，倒了一杯水，递到她的面前。她慢慢地平静下来，开始告诉我们事情的缘由。

她是一位小学毕业班的班主任，目前在面临六年级的孩子们进入小升初的联考关键时期。今天下班后，她为了将自己准备了很久的课程，录制成可以让学生在家复习的视频资料，就把自己关在了放学后的教室中，一遍遍地去录制。

（录制课程的辛苦，但凡有经历的人绝对有体会。记得当年，我单单录制一个 60 秒的语音条，为了达到自己满意的效果，就花了整整一个上午的时间。）

想必浩浩妈妈也一定是一位工作敬业又严谨的老师，所以才在一遍遍的反复录制和修正中太忘我地工作，以至于天黑了都不知道。同时，她为了保证录制的过程彻底地不被打搅，还关上了手机。所以才出现了让浩浩无法联系上她以至于夜晚无家可归的意外事件。

她原以为浩浩能和平常一样自己回家吃饭，写作业，然后乖乖等她回来。谁知到家后，发现孩子不在家中。或许由于急躁，又或许是其他原因，她没能看见我们留在门上的纸条。于是，急坏了的她直接跑到小区保安室查看监控录像，得知浩浩放学回来后，一直没有走出小区，才略略放心而没有去报警。小区保安们提醒她，让她想想有没有可能会去这个小区的同学家。

她知道浩浩没有一个同班同学住在这个小区，唯有听浩浩说过，有一个同校不同班的好朋友和他住在同一栋楼，但是却不知道是哪一层。于是，她便从顶楼 24 层开始每家每户地敲门问询。

当她讲到这里的时候，我一下子傻了。我家住在 4 楼，而她从 24 楼开始敲门，每层 4 户，就意味着她已经敲完了几乎 80 家的大门，才找到了自己的孩子。都是为人父母的，那一刻我百分百能感受到这位母亲在短暂失去孩子后的担心与恐慌，也不由得打心眼儿里敬佩这样一位平凡而又伟大的人民教师。

等到浩浩和他的妈妈离开后，想起之前对她的埋怨，一份羞愧渐渐爬上了我的心头。是啊，面对着一位时刻战斗在一线的教育工作者，为了千千万万别人家的孩子，却将自己的孩子忽略得一干二净的母亲。除了一份油然而生的敬重，我还有什么理由去责怪这样一位内在伟大，而外在一时疏忽的母亲呢？

2020 年 6 月底，浩浩过生日，他们母子邀请我们全家去家里做客。虽然浩浩爸爸依旧没能回来，但是那一天他们母子显得特别地开心。我看到了浩浩脸上充满了幸福与满足。不由得端起了长镜头，为他们母子拍下了好多合影照。并且把这些充满幸福期待的照片都发给了他们，让他们转发给浩浩爸爸。

我们都期待着他们一家人早日团聚的那天。

从他们家出来的时候，我突然想到了什么，于是对儿子说："我们两家人认识了这么久，却还不知道浩浩妈妈叫什么名字呢?"儿子笑着回答说："是啊，那你再次遇见的时候，一定记得问她啊。"

我想了想后，笑而不语。

其实我知道，她的名字对我来说一点也不重要，因为我清楚她和千千万万的普通人一样，是位爱家的妻子，是位慈爱的母亲，是名伟大的教师，是一个为了生活得更美好，而不断努力奋斗的伟大女性，有这些就足够了……

谨以此故事，向普天下无数为了社会繁荣、国家昌盛、民族富强而一直默默辛勤付出的母亲，致敬!